세 마리 토끼 잡는

초등 독해력

A1

초등 1-1

NE 능률

이 책을 쓴 분들_

강영주(지에밥 창작연구소 대표, 작가, 〈세 마리 토끼 잡는 독서 논술〉 대표 필자)
김경선(작가, 〈세 마리 토끼 잡는 독서 논술〉 집필)
한화주(작가, 〈세 마리 토끼 잡는 독서 논술〉 집필)
한현주(작가, 〈세 마리 토끼 잡는 독서 논술〉 집필)
이현정(작가, 〈세 마리 토끼 잡는 독서 논술〉 집필)

이 책을 만든 분들_

박지영(작가, 기획 편집자), 채현애(기획 편집자), 박정의(기획 편집자),
권정희(기획 편집자), 지은혜(기획 편집자), 강영주(작가, 기획 편집자)

세 마리 토끼 잡는 초등 독해력 A단계 1권

개정판 7쇄: 2024년 9월 15일
총괄 김진홍 | 기획 및 편집 지에밥 창작연구소 | 연구원 이자원, 박수희 | 펴낸이 주민홍 | 펴낸곳 ㈜NE능률 | 디자인 장현순, 윤혜민 | 그림 우지현, 김잔디, 안지선, 김정진, 윤유리, 이덕진, 이창섭, 고수경, 장여회, 김규준, 김석류 | 영업 한기영, 이경구, 박인규, 정철교, 김중희, 김남준, 이우현 | 마케팅 박혜선, 남경진, 허유나, 이지원, 김여진 | 주소 서울특별시 마포구 월드컵북로 396(상암동) 누리꿈스퀘어 비즈니스타워 10층 (우편번호 03925) | 전화 (02)2014-7114 | 팩스 (02)3142-0356 | 홈페이지 www.nebooks.co.kr | ISBN 979-11-253-3608-2 | 979-11-253-3614-3 (set)

제조년월 2024년 9월 제조사명 ㈜NE능률 제조국 대한민국 사용연령 8~9세(초등 1학년 수준)

독해 실력을 키워서 공부 능력자가 되어 보세요!

요즘 우리 아이들, 공부할 것이 참 많습니다. 국어, 영어, 수학, 과학, 사회, 예체능 어느 것 하나 소홀히 할 수 없지요. 그런데 이런 교과 공부를 할 때 가장 기본이 되는 것은 설명하는 내용이 무엇인지 아는 것입니다.

특히 학교 공부를 처음 시작하는 초등학생에게 글을 읽고 이해하는 일은 무엇보다 중요합니다. 즉, 독해는 도구 과목인 국어를 포함한 모든 과목에서 공부의 시작이자 끝이라고 할 수 있지요. 초등학교 때 독해를 소홀히 하다 보면 중·고등학교에 가서 교과서를 읽으면서도 그 내용을 이해하지 못하는 일이 생기기도 합니다.

그런데 독해력은 열심히 책만 읽는다고 해서 단기간에 키워지는 것이 아닙니다. 꾸준히 글을 읽고 이해하는 연습을 지속적으로 해야 비로소 실력이 생겨나는 것이지요. 그러므로 독해 연습은 단계적이고 체계적으로 하는 것이 중요합니다.

〈세 마리 토끼 잡는 초등 독해력〉은 이 중요한 독해의 방법을 제시하기 위해 기획된 시리즈입니다. 이 시리즈의 구성 원리는 다음과 같습니다.

1. 초등학생이 교과를 이해하는 데 필요한 독해의 전 과정을 담는다

교과의 기본이 되는 글의 내용을 쉽게 이해하는 **사실 독해**로 시작하여 글 속에 숨은 뜻을 짐작하고 비판하는 **추론 독해**, 읽은 것을 발전시켜서 창의적으로 문제를 해결하는 **문제해결 독해**로 이어지는 독해의 전 과정을 체계적으로 담았습니다.

2. 다양한 독해 활동을 통해 독해를 쉽고 재미있게 학습하도록 구성한다

독해의 원리에 흥미롭게 다가갈 수 있도록 **주제 활동, 유형 연습, 실전 학습** 등을 다양하게 단계적으로 구성하였습니다. 이때 글과 쉽게 친해질 수 있도록 동화, 역사, 사회, 과학, 예술 분야의 전문 필진과 초등 교육 과정 전문 선생님들이 함께 노력을 기울였습니다. 이 밖에도 독해의 배경지식이 되는 어휘, 속담, 문법, 독서 방법 등의 읽을거리를 충분히 실었습니다.

〈세 마리 토끼 잡는 초등 독해력〉을 통해 토끼처럼 귀여운 우리 아이들이 독해 자신감, 공부 자신감을 얻어서 최고의 독해 능력자가 되기를 기대하며 응원하겠습니다.

세 마리 토끼 잡는 초등 독해력은 어떤 책인가요?

1 독해의 세 가지 원리를 한번에 잡는 책

독해는 글을 읽고 뜻을 이해하는 것입니다. 이때 뜻을 이해한다는 것은 글에 드러난 정보나 주제뿐 아니라 숨어 있는 글쓴이의 의도나 생략된 내용을 짐작하고 읽는 사람의 생각과 느낌을 고려한 표현까지 이해하는 것입니다. 〈세 마리 토끼 잡는 초등 독해력〉은 사실 독해, 추론 독해, 문제해결 독해로 이어지는 독해의 원리를 단계적으로 키워서 독해 능력을 한번에 완성하도록 도와줍니다.

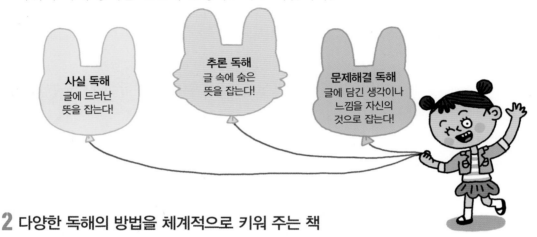

사실 독해
글에 드러난
뜻을 잡는다!

추론 독해
글 속에 숨은
뜻을 잡는다!

문제해결 독해
글에 담긴 생각이나
느낌을 자신의
것으로 잡는다!

2 다양한 독해의 방법을 체계적으로 키워 주는 책

설명문, 논설문과 같은 글을 읽을 때와 시, 소설을 읽을 때는 글의 내용을 이해하는 방법이 조금 다릅니다. 비문학적인 글을 읽을 때에는 글에 나타난 정보나 사실을 이해하여 주제나 중심 생각을 파악해야 합니다. 그리고 문학적인 글을 읽을 때에는 주제뿐 아니라 글 속에 숨은 의미와 분위기, 표현 방법을 살펴서 글쓴이의 의도를 미루어 짐작하고 그에 대한 나의 생각이나 느낌도 표현할 수 있어야 합니다. 〈세 마리 토끼 잡는 초등 독해력〉은 독해 개념부터 유형 연습, 실전 문제에 이르기까지 독해의 다양한 방법을 체계적으로 키워 줍니다.

〈세토 독해력〉
으로 설명하는 글에
나타난 정보를
쉽게 이해했어!

편지

논설문

설명문

〈세토 독해력〉으로
시에 나타난 글쓴이의
마음을 느끼며 읽었어!

시

극본

이야기

전기문

나도
〈세토 독해력〉으로
다양한 독해의
방법을 알고 싶다.

3 다양한 교과 관련 배경지식을 키워 주는 책

글을 읽을 때는 낱말이나 문장을 과목에 따라 다르게 해석해야 하는 경우가 있습니다. 국어 과목에서는 동요의 노랫말처럼 '달'을 보고 '토끼가 떡방아를 찧는 것 같다'고 표현하는가 하면 과학 과목에서는 '아무도 살지 않는 지구 주위를 돌고 있는 위성' 혹은 '지구와 가장 가까운 천체'로 보기도 합니다. 〈세 마리 토끼 잡는 초등 독해력〉은 과목에 따라 다른 의미로 해석되는 다양한 영역의 글을 수록하여 도구 과목인 국어 과목뿐 아니라 사회, 과학, 예체능 등 다양한 교과 공부에 도움을 주는 배경지식을 키울 수 있습니다.

4 다원적 사고 능력을 열어 주는 책

독해력은 글의 내용을 이해·감상하고 자신의 관점으로 비판하며 창의적으로 표현하는 능력을 갖추는 고차원의 사고 능력입니다. 특히 서술형과 같은 문제 유형으로 자신의 생각을 창의적으로 표현해야 하는 경우에는 이와 같은 능력이 더욱 요구됩니다. 〈세 마리 토끼 잡는 초등 독해력〉은 독해력을 구성하는 이해력, 구조 파악 능력, 어휘력, 추리·상상적 사고 능력, 비판적 사고 능력, 문제 해결 능력 등 다원적 사고 능력을 골고루 계발하여 어떠한 문제 상황도 너끈히 해결할 수 있도록 도와줍니다.

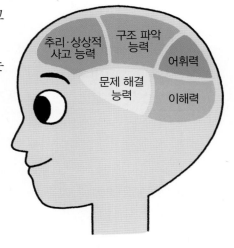

세 마리 토끼 잡는 초등 독해력은 어떻게 이루어져 있나요?

1 전체 구성

〈세 마리 토끼 잡는 초등 독해력〉은 학년과 학기의 난이도에 따라 6단계 12권으로 이루어져 있습니다. 이 책은 각 학년과 학기의 학습 목표에 맞는 독해 주제를 단계적으로 구성하였으므로, 그에 맞게 선택해서 공부할 수 있습니다. 하지만 학습자의 독해 능력에 맞게 단계를 조정하여 선택하면 더욱 효과적입니다.

단계	A단계		B단계		C단계		D단계		E단계		F단계	
권 수	2권		2권		2권		2권		2권		2권	
단계 이름	A1	A2	B1	B2	C1	C2	D1	D2	E1	E2	F1	F2
학년-학기	1-1	1-2	2-1	2-2	3-1	3-2	4-1	4-2	5-1	5-2	6-1	6-2
학습일	각 권 20일											
1일 분량	매일 6쪽											

2 권 구성

〈세 마리 토끼 잡는 초등 독해력〉한 권은 학습 내용에 따라 PART1, PART2, PART3으로 나누어져 있습니다. 학년별 난이도에 따라 각 PART의 분량이 다릅니다.

PART1 사실 독해 (1~2주 분량)

독해에서 가장 기본이 되는 부분으로, 글에 나타난 정보나 사실을 확인하는 내용을 주로 담고 있습니다. 이 부분에서는 글에서 정보를 찾아보고, 이를 바탕으로 중심 내용과 주제, 글의 구조와 전개 방식을 파악하며 읽는 방법을 배웁니다. 이 부분은 독해를 처음 접하는 저학년일수록 분량이 많고, 고학년으로 갈수록 분량이 줄어듭니다.

단계별 구성(저학년은 분량이 많고, 고학년은 분량이 적습니다. A~C단계: 2주분 / D~F단계: 1주분)

A단계	B단계	C단계	D단계	E단계	F단계
글자, 낱말, 문장 알기	마음을 나타내는 말 알기	설명하는 글을 읽은 경험 찾기	생각이나 느낌이 다른 까닭 알기	기행문의 특성 알기	인물, 사건, 배경의 관계 알기

PART 2 추론 독해 (1~2주 분량)

독해 능력이 발전하는 부분으로, 글에 드러난 것을 파악하는 것을 뛰어넘어 글에 숨겨진 뜻을 짐작하고 비판하는 내용을 담았습니다. 이 부분에서는 글에 나타난 정보를 짐작해 보고 생략된 내용이나 숨겨진 주제, 글을 쓴 목적을 찾아보며 글을 읽는 방법을 익힙니다. 그리고 글에 드러난 관점이나 글쓴이의 주장과 근거, 표현 방법 등을 비판하며 읽는 방법도 배웁니다. 이 부분은 저학년일수록 분량이 적고, 고학년으로 갈수록 분량이 늘어납니다.

단계별 구성(저학년은 분량이 적고 고학년은 분량이 많습니다. A~C단계: 1주분/ D~F단계: 2주분)

A단계	B단계	C단계	D단계	E단계	F단계
그림을 보고 내용 짐작하기	이야기에서 인물의 모습 떠올리기	시에 나타난 감각적 표현 파악하기	이야기의 흐름에 따라 내용 간추리기	글의 구조를 생각하며 요약하기	이야기의 구조 이해하기

PART 3 문제해결 독해 (1주 분량)

글의 내용을 자신의 상황에 창의적으로 적용하는 고차원적 독해 능력을 키우는 부분입니다. 이 부분에서는 글에서 감동적인 부분을 찾아 글쓴이의 마음에 공감하고, 글을 읽고 난 감동을 표현하며 읽습니다. 글에 나타난 다양한 문제 상황과 해결 방법을 나의 생활에 적용하며 창의적으로 읽는 방법을 배웁니다.

단계별 구성(저학년과 고학년 같은 분량입니다. A~F단계: 1주분)

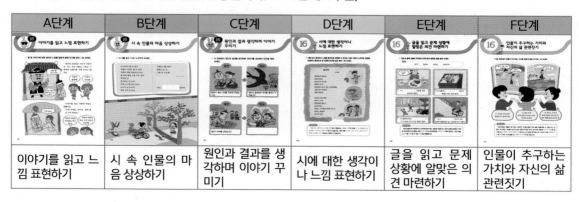

A단계	B단계	C단계	D단계	E단계	F단계
이야기를 읽고 느낌 표현하기	시 속 인물의 마음 상상하기	원인과 결과를 생각하며 이야기 꾸미기	시에 대한 생각이나 느낌 표현하기	글을 읽고 문제 상황에 알맞은 의견 마련하기	인물이 추구하는 가치와 자신의 삶 관련짓기

세 마리 **토**끼 잡는 **초등** **독해력** 1일 학습은 **어떻게** 짜여 있나요?

개념 활동 재미있게 활동하며 독해의 원리를 익힙니다 (2쪽)

개념 활동
매일 익힐 독해의 개념을 재미있는 활동과 간단한 문제로 알아볼 수 있습니다. 퀴즈, 미로 찾기, 색칠하기, 사다리 타기, 만들기 등 다양하고 재미있는 활동을 통해 독해의 원리를 입체적으로 배울 수 있습니다.

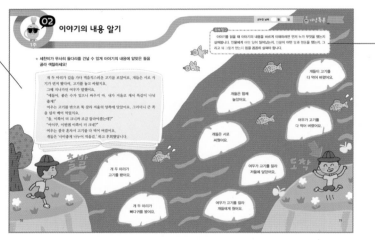

주제 탐구
개념 활동을 하며 살펴본 독해의 원리로 학습 주제를 살펴볼 수 있습니다. 이곳에서 앞으로 공부할 주제를 한눈에 확인할 수 있습니다.

독해력 활짝 짧은 글로 유형을 연습하며 독해력을 넓힙니다 (2쪽)

유형 설명
주제와 관련된 여러 유형을 나누어 핵심 평가 요소를 확인합니다.

유형 문제 연습
다양한 유형을 익힐 수 있는 독해 문제가 제시되어 있습니다.

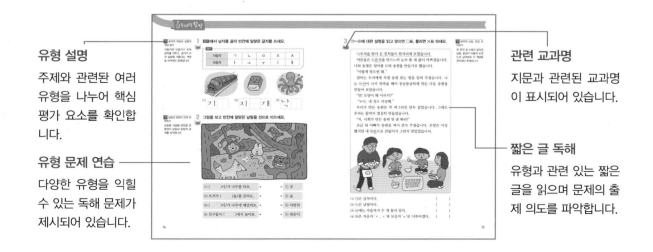

관련 교과명
지문과 관련된 교과명이 표시되어 있습니다.

짧은 글 독해
유형과 관련 있는 짧은 글을 읽으며 문제의 출제 의도를 파악합니다.

독해력 쑥쑥 긴 글로 실전 문제를 풀며 독해력을 키웁니다 (2쪽)

글의 개관

글의 종류, 특징, 중심 내용, 낱말 풀이 등으로 글에 대한 이해를 돕습니다.

긴 글 독해

시, 동화, 소설, 편지, 일기, 설명문, 논설문 등 다양한 갈래의 글이 수록되어 있습니다.

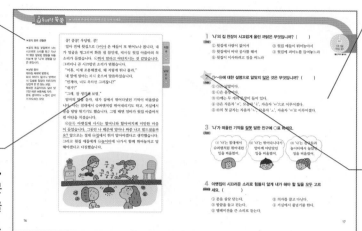

실전 문제

이해, 구조, 어휘, 추론, 비판, 문제해결 등과 관련된 다양한 실전 문제가 수록되어 있습니다.

핵심 문제

해당 주제의 핵심 문제는 노란색 별로 표시되어 있습니다.

독해 플러스 독해력을 돕는 배경지식을 알아봅니다

한 주 동안의 학습을 마무리하면서 독해와 관련된 배경지식을 살펴봅니다. 어휘, 속담, 고사성어, 문법, 독서의 방법 등 독해에 꼭 필요한 내용을 재미있는 만화를 통해 익히고, 간단한 문제로 확인해 봅니다.

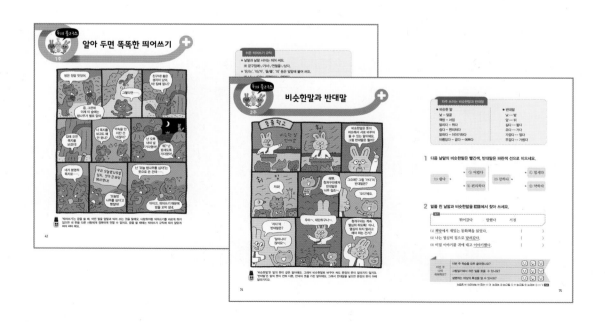

세 마리 토끼 잡는 초등 독해력 이렇게 공부해요

1 매일매일 꾸준히 공부해요

<세 마리 토끼 잡는 초등 독해력>은 매일 6쪽씩 꾸준히 공부
하는 책이에요. 재미있는 개념 활동으로 시작해서 학교 시
험에 도움되는 실전 문제에 이르기까지 지루하지 않게
공부할 수 있지요. 공부가 끝나면 '○주 ○일 학습
끝!' 붙임 딱지를 붙여 보세요.

2 지문에 실린 책이나 교과서를 찾아 읽어 보아요

하루 공부를 마치고 나면, 본문 지문에 나온 책이
나 교과서를 찾아 읽어 보세요. 본문에는 책의 전
권을 싣기 힘들기 때문에 가장 대표적인 부분을
발췌했기 때문이지요. 본문을 읽다 보면 뒷이야기
가 궁금해지거나 교과 내용이 궁금해져서 자연스
럽게 찾아 읽게 될 거예요. 이 과정을 거듭하다 보
면 독해 능력자가 될 수 있답니다.

3 지문에 실린 모르는 내용을 사전이나 인터넷을 찾아 읽어 보아요

독해 지문이 술술 읽히지 않는다면 낱말이나 문장을 이해하지 못하는 것입니다. 모
르는 낱말이나 어구, 관용 표현 등을 국어사전으로 찾아보고, 비슷한말로 바꾸어 보
며 내용을 온전히 자신의 것으로 만들어 보세요. 그리고 더 알고 싶은 것은 책이나
인터넷 백과사전을 검색하며 깊이 있게 공부해 보세요.

한 주 학습표	월	화	수	목	금	토
	매일 6쪽씩 학습하고, '○주 ○일 학습 끝!' 붙임 딱지 붙이기					주요 내용 복습하기

세 마리 토끼 잡는 초등 독해력

A1 초등 1-1

주	일차	유형	독해 주제	교과 연계 내용
1주	1	PART1 (사실 독해)	글자와 낱말과 문장 알기	[국어 1-1] 자음자와 모음자, 글자의 짜임 알기 [통합교과 가을 1] 이웃 간에 지킬 예절 알기
	2		이야기의 내용 알기	[국어 1-1] 이야기를 듣고 내용 파악하기
	3		시의 내용 알기	[국어 1-1] 시를 읽고 여러 가지 모음자 알기
	4		문장 부호의 쓰임 알기	[국어 1-1] 문장 부호의 이름 알고 쓰기
	5		문장 부호를 생각하며 띄어 읽기	[국어 1-1] 이야기를 문장 부호에 맞게 띄어 읽기
2주	6		그림일기에 대해 알기	[국어 1-1] 그림일기 읽기
	7		그림일기에서 겪은 일 찾기	[국어 1-1] 그림일기를 쓰는 방법 알기
	8		설명하는 대상 알기	[국어 1-2] 글을 읽고 설명하는 대상 찾기
	9		흉내 내는 말 찾기	[국어 1-1] 노래를 부르고 인물의 모습 상상하기
	10		글을 읽고 재미있는 부분 찾기	[국어 1-2] 시를 읽고 흉내 내는 말 떠올리기
3주	11	PART2 (추론 독해)	그림을 보고 내용 짐작하기	[국어 1-1] 글과 그림의 뜻을 생각하며 읽기
	12		누가 무엇을 했는지 생각하며 글 읽기	[국어 1-1] 이야기를 읽고 내용 파악하기
	13		일어난 일을 생각하며 글 읽기	[국어 1-1] 글의 내용 파악하기
	14		글을 읽고 새롭게 알게 된 점 파악하기	[국어 1-2] 설명하는 내용을 생각하며 글 읽기 [통합교과 겨울 2] 다른 나라의 문화 알기
	15		글에 알맞은 제목 붙이기	[국어 1-2] 제목 고르는 방법 알기
4주	16	PART3 (문제해결 독해)	이야기를 읽고 느낌 표현하기	[국어 1-2] 이야기와 관련된 생각이나 느낌을 문장으로 쓰기
	17		등장인물의 모습 상상하기	[국어 1-1] 인물의 모습 상상하기
	18		시에 대한 생각이나 느낌을 문장으로 표현하기	[국어 1-1] 시에서 느낀 점을 바탕으로 문장 쓰기
	19		글쓴이와 나의 겪은 일 비교하기	[국어 1-1] 하루 동안 기억에 남는 일 말하기
	20		흉내 내는 노랫말 바꾸기	[국어 1-2] 흉내 내는 말 바꾸어 쓰기

PART 1

사실 독해

글에 드러난 정보를 찾아보고 이를 바탕으로 중심 내용과 주제,
글의 구조와 전개 방식 등을 파악하며 읽는 방법을 배워요.

contents

★1일 글자와 낱말과 문장 알기 _12쪽

★2일 이야기의 내용 알기 _18쪽

★3일 시의 내용 알기 _24쪽

★4일 문장 부호의 쓰임 알기 _30쪽

★5일 문장 부호를 생각하며 띄어 읽기 _36쪽

★6일 그림일기에 대해 알기 _44쪽

★7일 그림일기에서 겪은 일 찾기 _50쪽

★8일 설명하는 대상 알기 _56쪽

★9일 흉내 내는 말 찾기 _62쪽

★10일 글을 읽고 재미있는 부분 찾기 _68쪽

글자와 낱말과 문장 알기

★ 나무에 달린 자음자와 모음자로 그림에 알맞은 낱말을 완성하세요.

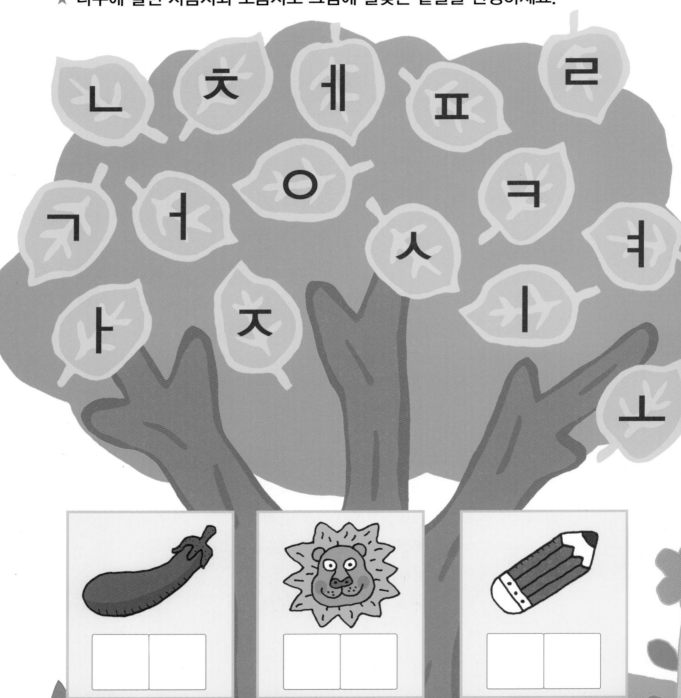

★ 나무에 달린 낱말을 넣어 그림에 알맞은 문장을 완성하세요.

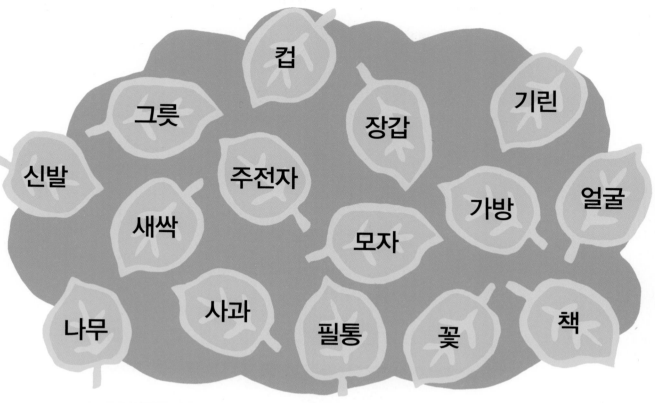

컵 그릇 장갑 기린 신발 주전자 가방 얼굴 새싹 모자 나무 사과 필통 꽃 책

 (　　　　)에 물이 있어요.

 아기가 (　　　　)을/를 썼어요.

 땅에 (　　　　)이/가 돋았어요.

주제 탐구

　한 편의 글은 글자와 낱말 그리고 문장으로 이루어져 있습니다. 글자는 자음자와 모음자가 만나서 만들어집니다. 글자가 모여서 낱말을 만들고, 낱말이 모여서 문장을 이룹니다.

1 **보기**에서 낱자를 골라 빈칸에 알맞은 글자를 쓰세요.

국어

보기

자음자	ㄱ	ㄴ	ㅇ	ㅈ	ㅊ
모음자	ㅏ	ㅗ	ㅜ	ㅣ	ㅐ

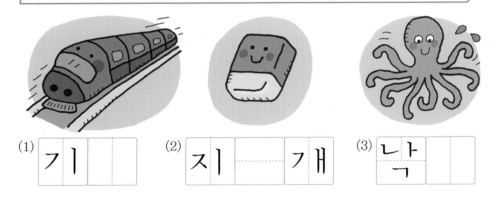

(1) 기□ (2) 지□개 (3) 나ㄱ

2 그림을 보고 빈칸에 알맞은 낱말을 선으로 이으세요.

국어

(1) (　　　)이/가 나무를 타요.　•　•　① 공

(2) 토끼가 (　　　)을/를 굴려요.　•　•　② 숲

(3) (　　　)이/가 나무에 매달려요.　•　•　③ 다람쥐

(4) 친구들이 (　　　)에서 놀아요.　•　•　④ 원숭이

3

국어

⊙~@에 대한 설명을 읽고 맞으면 ○표, 틀리면 ✕표 하세요.

유형 3 글자와 낱말, 문장 파악하기

한 편의 글 속에서 글자와 낱말, 문장이 어떻게 쓰였는지 살펴보며 각 개념을 파악하는 문제입니다.

⊙추석을 맞아 온 친척들이 한자리에 모였습니다.

어른들은 ⓒ음식을 만드느라 눈코 뜰 새 없이 바쁘셨습니다. 나와 동생은 엄마를 도와 송편을 만들기로 했습니다.

"이렇게 빚으면 돼."

엄마는 우리에게 직접 송편 빚는 법을 알려 주셨습니다. 나는 ⓒ신이 나서 반죽을 떼어 동글동글하게 만든 다음 송편을 만들어 보았습니다.

"엇! 모양이 왜 이러지?"

"누나, 내 것도 이상해."

우리가 만든 송편은 꼭 찌그러진 만두 같았습니다. 그래도 우리는 끝까지 열심히 만들었습니다.

"자, 너희가 만든 송편 맛 좀 봐라!"

조금 뒤 아빠가 송편을 쪄서 갖다 주셨습니다. 모양은 이상했지만 내 @손으로 만들어서 그런지 맛있었습니다.

(1) ⊙은 글자이다. ( )

(2) ⓒ은 낱말이다. ( )

(3) ⓒ에는 자음자가 두 개 들어 있다. ( )

(4) @은 자음자 'ㅅ, ㄴ'과 모음자 'ㅗ'로 이루어졌다. ( )

15

●글의 종류 생활문

●글의 특징 윗집에서 나는 시끄러운 소리를 듣고 자신이 했던 잘못된 행동을 되돌아보게 된 '나'의 경험을 담은 글입니다.

●낱말 풀이
때마침 제때에 알맞게.
피식 어이가 없거나 멋쩍어서 입술을 힘없이 터뜨리며 싱겁게 한 번 웃는 모양.
툭하면 조금이라도 일이 있기만 하면 버릇처럼 곧.
문득 생각이나 느낌이 갑자기 떠오르는 모양.

지문 ★ ☆ ☆

낱말 ★ ★ ☆

쿵! 쿵쿵! 우당탕, 쿵!

얼마 전에 윗집으로 ㉠이사 온 애들이 또 뛰어노나 봅니다. 내가 얼굴을 찡그리며 화를 낼 참인데, 때마침 윗집 아줌마의 목소리가 들렸습니다. ㉡뛰지 말라고 야단치시는 것 같았습니다. 그러더니 곧 시끄럽던 소리가 멈췄습니다.

"어휴, 이제 조용해졌네. 왜 저렇게 뛰나 몰라."

내 말에 엄마는 피식 웃으며 말씀하셨습니다.

"민재야, 너도 툭하면 그러잖니?"

"내가?"

"그래. 잘 생각해 보렴."

엄마의 말을 듣자, 내가 집에서 뛰어다녔던 기억이 떠올랐습니다. 나는 침대에서 슈퍼맨처럼 뛰어내리기도 하고, 거실에서 공을 탕탕 튀기기도 했습니다. 그럴 때면 엄마가 윗집 아줌마처럼 야단을 치셨습니다.

㉢문득 아랫집에 사시는 할머니와 할아버지께 미안한 마음이 들었습니다. 그동안 나 때문에 얼마나 짜증 나고 힘드셨을까요? 앞으로는 절대 ㉣집에서 뛰지 말아야겠다고 생각했습니다. 그리고 윗집 애들에게 ㉤놀이터에 나가서 함께 뛰어놀자고 말해야겠다고 다짐했습니다.

16

1 '나'의 집 천장이 시끄럽게 울린 까닭은 무엇입니까? (   )

이해

① 윗집에 사람이 없어서
② 윗집 애들이 뛰어놀아서
③ 윗집에서 바닥 공사를 해서
④ 윗집에 피아노를 들여놓느라
⑤ 윗집이 이사하려고 짐을 싸느라

2 ㉠~㉤에 대한 설명으로 알맞지 <u>않은</u> 것은 무엇입니까? (   )

어휘

① ㉠은 낱말이다.
② ㉡은 문장이다.
③ ㉢에는 두 개의 문장이 들어 있다.
④ ㉣은 자음자 'ㅈ', 모음자 'ㅓ', 자음자 'ㅂ'으로 이루어졌다.
⑤ ㉤의 첫 글자는 자음자 'ㄴ', 모음자 'ㅗ', 자음자 'ㄹ'로 이루어졌다.

3 '나'가 떠올린 기억을 <u>잘못</u> 말한 친구에 ○표 하세요.

이해

(1) '나'는 침대에서 슈퍼맨처럼 뛰어내린 일을 떠올렸어.

(2) '나'는 뛰어다니다가 엄마께 야단맞던 일을 떠올렸어.

(3) '나'는 친구들과 놀이터에서 놀았던 일을 떠올렸어.

4 아랫집이 시끄러운 소리로 힘들지 않게 내가 해야 할 일을 <u>모두</u> 고르세요. (   )

문제해결

① 문을 살살 닫는다.
② 의자를 끌고 다닌다.
③ 발끝을 들고 걷는다.
④ 거실에서 줄넘기를 한다.
⑤ 텔레비전을 큰 소리로 듣는다.

이야기의 내용 알기

★ 세찬이가 무사히 돌다리를 건널 수 있게 이야기의 내용에 알맞은 돌을 골라 색칠하세요!

개 두 마리가 길을 가다 먹음직스러운 고기를 보았어요. 개들은 서로 자기가 먼저 봤다며, 고기를 놓고 싸웠지요.

그때 지나가던 여우가 말했어요.

"얘들아, 좋은 수가 있으니 싸우지 마. 내가 저울로 재서 똑같이 나눠 줄게!"

여우는 고기를 반으로 뚝 잘라 저울의 양쪽에 달았어요. 그러더니 큰 쪽을 덥석 베어 먹었지요.

"음, 이쪽이 더 크니까 조금 잘라야겠는데?"

"어이쿠, 이번엔 이쪽이 더 크네?"

여우는 결국 혼자서 고기를 다 먹어 버렸어요.

개들은 '사이좋게 나누어 먹을걸.' 하고 후회했답니다.

출발

개 두 마리가
고기를 봤어요.

개 두 마리가
뼈다귀를 봤어요.

주제 탐구

이야기를 읽을 때 이야기의 내용을 바르게 이해하려면 먼저 누가 무엇을 했는지 살펴봅니다. 인물에게 어떤 일이 일어났는지, 인물이 어떤 말과 행동을 했는지, 그리고 왜 그렇게 했는지 등을 꼼꼼히 살펴야 합니다.

개들이 고기를 다 먹어 버렸어요.

개들은 함께 놀았어요.

여우가 고기를 다 먹어 버렸어요.

개들은 서로 싸웠어요.

여우가 고기를 잘라 저울에 달았어요.

도착

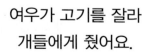

여우가 고기를 잘라 개들에게 줬어요.

1 노인에게 일어난 일로 알맞은 것을 <u>모두</u> 고르세요. (   )

국어

> 노인은 빨간 부채와 파란 부채를 주워 산에 나무를 하러 갔어. 열심히 나무를 했더니, 땀이 송골송골 맺혔지. 노인은 빨간 부채로 팔랑팔랑 부채질을 했어. 그런데 왠지 코가 좀 이상해. 손으로 만져 보니, 코가 코끼리 코처럼 기다래졌네!
> "어이구머니나! 내 코가 왜 이럴까?"
> 노인은 놀라서 이번에는 파란 부채로 펄럭펄럭 부채질을 했어. 그러자 코가 또 좀 이상해. 만져 봤더니 코가 작게 줄어들었지 뭐야.

① 산에서 빨간 부채와 파란 부채를 팔았다.
② 산에 빨간 부채와 파란 부채를 두고 왔다.
③ 빨간 부채로 부채질을 했더니 코가 길어졌다.
④ 파란 부채로 부채질을 했더니 코가 짧아졌다.
⑤ 부채질을 할 때마다 키가 커졌다 작아졌다 했다.

2 선비가 호랑이 꼬리를 놓지 <u>않은</u> 까닭에 ○표 하세요.

국어

> 옛날에 과거를 보러 가던 선비가 잠시 바위에 앉아 쉬었어요. 얼마 뒤, 선비는 자리에서 일어서며 옆에 세워 두었던 지팡이를 잡았어요. 그런데 느낌이 이상해서 봤더니, 지팡이가 아니라 호랑이 꼬리였어요.
> '어이쿠, 이거 큰일이로구나! 이 꼬리를 놓았다가는 호랑이가 당장 몸을 돌려서 달려들 거야.'
> 선비는 있는 힘껏 호랑이 꼬리를 붙잡았어요.

(1) 호랑이 꼬리를 지팡이로 사용하려고   (   )
(2) 호랑이를 타고 험한 산을 넘어가려고   (   )
(3) 호랑이가 선비에게 달려들지 못하게 하려고   (   )

3 이야기의 내용으로 맞으면 ○표, 틀리면 ×표 하세요.

유형 3 이야기의 세부 내용 확인하기

일어난 일, 인물의 말과 행동 그리고 인물이 그렇게 행동한 까닭 등 이야기의 세부 내용을 파악하는 문제입니다.

어느 추운 겨울날, 나그네가 낡은 오두막집 문을 똑똑 두드렸어요.

"미안하지만 하룻밤만 자고 갈 수 있을까요?"

"그럼요. 추운데 어서 들어오세요."

오두막집에 사는 부인은 나그네를 친절하게 맞아 주었어요. 먹을 것이 부족했지만, 나그네를 위해 따뜻한 저녁 식사도 차렸지요.

다음 날, 나그네는 오두막집을 떠나며 말했어요.

"당신이 아침에 하는 일을 저녁까지 하게 될 겁니다."

부인은 나그네의 말이 무슨 뜻인지 알 수 없었어요. 늘 하던 대로 아이들에게 옷을 지어 주려고 자로 옷감을 재기 시작했지요. 그런데 자로 잴 때마다 옷감이 자꾸자꾸 늘어났어요.

저녁이 되자 집 안은 옷감으로 가득 찼답니다.

(1)
부인은 하룻밤만 재워 달라는 나그네를 내쫓았어.

(2)
나그네는 아침에 하는 일을 저녁까지 하게 될 것이라고 말했어.

(3)
부인은 아이들에게 옷을 지어 주려고 옷감을 자로 쟀어.

(4)
부인이 자로 잴 때마다 옷감이 자꾸 사라져서 저녁에는 하나도 남지 않았어.

●글의 종류 이야기(동화)

●글의 특징 이 글은 호랑이와 두꺼비가 떡을 먹으려고 내기하는 내용을 담은 이야기입니다.

●낱말 풀이
시루 떡이나 쌀 따위를 찌는 데 쓰는 둥근 질그릇.
내기 물품이나 돈 따위를 일정한 조건으로 걸고 승부를 다툼.
속셈 마음속으로 하는 궁리나 계획.
냅다 몹시 빠르고 세찬 모양.

옛날에 떡을 무척 좋아하는 호랑이가 살았어요.

어느 날 호랑이는 두꺼비와 함께 떡을 만들어 먹기로 했어요. 둘은 쌀가루를 가져다가 시루에 넣고 푹 쪘어요. 시루에서 김이 ㉠모락모락 피어오르고 맛있는 냄새가 솔솔 풍겼지요.

호랑이는 입맛을 다시며 생각했어요.

'아, 맛있겠다! 떡을 혼자 다 먹고 싶은데 무슨 좋은 수가 없을까? 옳거니!'

호랑이는 두꺼비에게 내기를 하자고 했어요.

"두꺼비야, 그냥 떡을 먹으면 심심하니 우리 내기를 하자. 산꼭대기에서 떡시루를 굴린 다음에 먼저 떡시루를 잡는 쪽이 떡을 다 먹는 거야."

두꺼비는 호랑이의 속셈을 알아차렸어요. 하지만 잠시 생각에 잠기더니 그러자고 했지요. 둘은 떡시루를 들고 산꼭대기로 올라갔어요.

"자, 셋을 세면 굴린다. 하나, 둘, 셋!"

떡시루가 ㉡데굴데굴 굴러가자 호랑이는 떡시루를 쫓아 냅다 달렸어요. 떡시루 안에 있던 떡이 밖으로 튀어나오는 것도 알지 못한 채 떡시루만 쫓았지요.

"하하하, 이제 슬슬 떡을 먹어 볼까?"

두꺼비는 천천히 걸어 내려오며 떨어진 떡을 주워서 냠냠 먹었답니다.

지문 ★ ☆ ☆

낱말 ★ ★ ☆

1 **이야기의 내용으로 맞으면 ○표, 틀리면 ✕표 하세요.**

이해

(1) 호랑이와 두꺼비는 함께 떡을 만들었다. (   )

(2) 두꺼비는 떡시루에 있는 떡을 호랑이에게 양보했다. (   )

(3) 떡시루를 굴린 다음 호랑이는 떡시루를 쫓아 달렸다. (   )

(4) 호랑이는 떡시루 밖으로 떨어진 떡을 주워서 먹었다. (   )

2 **호랑이가 두꺼비에게 내기를 하자고 한 까닭은 무엇입니까? (   )**

이해

① 내기하는 것을 좋아해서   ② 떡을 혼자 다 먹고 싶어서

③ 산꼭대기에 올라가고 싶어서   ④ 누가 더 빠른지 알고 싶어서

⑤ 두꺼비에게 떡을 더 많이 주려고

3 **㉠과 ㉡의 뜻으로 알맞은 것끼리 선으로 이으세요.**

어휘

(1) ㉠ •

(2) ㉡ •

• ① 큰 물건이 계속 구르는 모양

• ② 냄새, 김 따위가 계속 조금씩 피어오르는 모양

4 **호랑이와 두꺼비의 성격으로 알맞은 낱말을 [보기]에서 골라 쓰세요.**

추론

[보기]

지혜로운   겁이 많은   욕심 많은   너그러운

두꺼비에게 내기를 하자고 말한 호랑이는 (   ) 성격이고, 호랑이의 속셈을 알아차린 두꺼비는 (   ) 성격입니다.

시의 내용 알기

★ 시의 내용으로 알맞은 것을 골라 ○표 하세요.

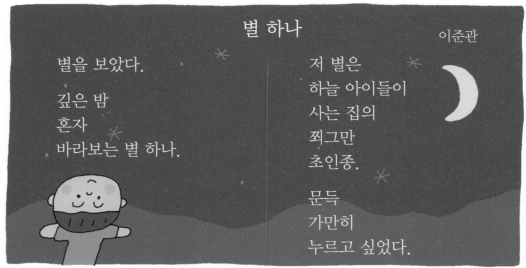

별 하나

이준관

별을 보았다.

깊은 밤
혼자
바라보는 별 하나.

저 별은
하늘 아이들이
사는 집의
쬐그만
초인종.

문득
가만히
누르고 싶었다.

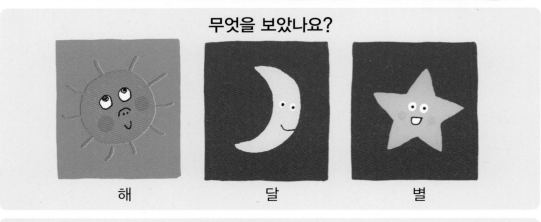

무엇을 보았나요?

해　　　　달　　　　별

언제 보았나요?

새벽　　　　아침　　　　깊은 밤

24

누구와 보았나요?

혼자　　　　　　　　친구와　　　　　　　강아지와

'저 별'을 무엇이라고 했나요?

하늘 아이들　　　　하늘 아이들이　　　　하늘 아이들이
　　　　　　　　　　사는 집　　　　　　　사는 집의
　　　　　　　　　　　　　　　　　　　　쬐그만 초인종

'저 별'을 어떻게 하고 싶다고 했나요?

집으로 가져오고　　　밤새 구경하고　　　　가만히
싶었다.　　　　　　　싶었다.　　　　　　　누르고 싶었다.

주제 탐구

시는 어떤 일을 보거나 겪으며 마음속에 떠오른 생각과 느낌을 짧은 말로 나타낸 글입니다. 시의 내용을 잘 알기 위해서는 시의 제목과 함께 말하는 이가 시 속에서 일어난 일을 어떻게 느끼고 있는지 살펴봅니다.

1 이 시에서 '눈'을 이불이라고 한 까닭을 빈칸에 쓰세요.

국어

눈

윤동주

지난밤에
눈이 소복이 왔네
지붕이랑
길이랑 밭이랑
추워한다고
덮어 주는 이불인가 봐

그러기에
추운 겨울에만 내리지

- [ ][ ]이랑 [ ]이랑 [ ]이랑 덮어 주기 때문이다.

2 이 시에서 밑줄 친 '씨앗'이 뜻하는 것은 무엇입니까? ( )

국어

별

문삼석

누가
뿌렸나?
그 많은
씨앗.

하늘 밭
가득
촘촘한
씨앗.

① 새   ② 콩   ③ 별
④ 구름   ⑤ 빗방울

3 이 시의 내용으로 알맞은 것에 ○표 하세요.

유형 3 시의 내용 파악하기

시에서 말하는 이가 겪은 일이나 느끼고 생각한 것이 무엇인지 파악합니다.

가뭄 오랫동안 계속하여 비가 내리지 않는 날씨.
화롯불 화로에 담긴 숯불.
허이언 다소 탁하고 흐릿하게 흰.

국어

감자

장만영

할머니가 보내셨구나,
이 많은 감자를.
야, 참 알이 굵기도 하다.
아버지 주먹만이나 하구나.

올 같은 가뭄에
어쩌면 이런 감자가 됐을까?
할머니는 무슨 재주일까?

화롯불에 감자를 구우면
할머니 냄새가 나는 것 같다.
이 저녁 할머니는 무엇을 하고 계실까?
머리털이 허이언
우리 할머니.

할머니가 보내 주신 감자는
구워도 먹고 쪄도 먹고
간장에 조려
두고두고 밥반찬으로 하기로 했다.

(1) 할머니는 큰 감자를 만드는 마술을 부리신다.   (   )

(2) 할머니가 보내 주신 감자는 아버지 주먹만큼 크다.   (   )

(3) 할머니는 농사가 잘 되지 않아 감자를 조금만 보내셨다.

(   )

27

지문 ★ ☆ ☆

낱말 ★ ★ ☆

●글의 종류 동시

●글의 특징 이 글은 풀밭에서 나비를 쫓는 아기의 모습을 나타낸 시입니다.

●중심 내용
1연 따뜻한 봄날, 아기에게 나비가 다가옴.
2~4연 아기와 나비가 술래잡기를 함.
5~6연 민들레가 숨이 차 주저앉은 아기를 따뜻하게 위로함.

●낱말 풀이
꼬까신 알록달록하고 고운 아이의 신발을 이르는 말.
길섶 길의 가장자리.

아기와 나비

강소천

아기는 술래.
나비야, 달아나라.

조그만 꼬까신이 아장아장
나비를 쫓아가면,

나비는 훠얼훨,
"요걸 못 잡아?"

아기는 숨이 차서
풀밭에 그만 주저앉는다.

㉠"아기야,
내가 나비를 잡아 줄까?"

길섶의 민들레가
방긋 웃는다.

1 이 시의 내용으로 알맞지 <u>않은</u> 것을 <u>두 가지</u> 고르세요. (   )

이해

① 나비가 달아났다.
② 아기가 나비를 쫓아갔다.
③ 아기는 꼬까신을 신고 있다.
④ 아기가 달리다가 풀밭에 넘어졌다.
⑤ 아기는 결국 손으로 나비를 잡았다.

2 밑줄 친 ㉠은 누가 한 말입니까? (   )

이해

① 풀밭   ② 길섶   ③ 엄마
④ 꼬까신   ⑤ 민들레

3 이 시에서 보기 의 뜻을 가진 낱말을 찾아 쓰세요.

어휘

> 보기
>
> 입을 예쁘게 약간 벌리며 소리 없이 가볍게 웃는 모양.

(   )

4 이 시에 대한 생각과 느낌을 <u>잘못</u> 말한 친구를 골라 ○표 하세요.

비판

(1) 나비와 아기가 함께 있는 사랑스러운 모습이 떠올랐어!

(2) 추운 겨울날의 모습이 잘 나타나 있어!

(3) 민들레가 사람처럼 웃는다고 표현한 것이 재미있어!

문장 부호의 쓰임 알기

★ 문장 부호의 쓰임을 생각하며 왼쪽의 문장 부호가 들어 있는 글자가 쓰인 칸을 <u>모두</u> 색칠하세요.

쉼표

엄마가	생각했습니다.
이야기를	웃음이 나요.
왜요?	엉엉,
	애들아,
	잡아요.
정말 예쁘다!	
만났습니다.	시끄러워!

마침표

다람쥐야,	고마워! 친구들과
여덟 살 때,	
	가자.
	좋아하니?
구름을 타고,	신나요.
엎질렀습니까?	행복해!

30

느낌표

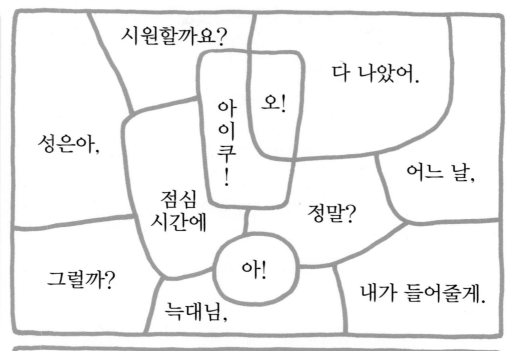

물음표

주제 탐구

문장에 쓰이는 여러 가지 부호를 '문장 부호'라고 합니다. 문장 부호는 종류에 따라 쓰임이 다릅니다. 쉼표(,)는 부르는 말이나 대답하는 말 뒤에 씁니다. 마침표(.)는 설명하는 문장의 끝에 씁니다. 물음표(?)는 묻는 문장의 끝에, 느낌표(!)는 느낌을 나타내는 문장의 끝에 사용합니다.

유형 1 문장 부호의 이름 알기

글에 쓰인 문장 부호의 이름을 파악합니다.

베틀 실로 삼베, 무명 등의 옷감을 짜는 기구.

1 **다음 문장 부호의 이름에 알맞은 ㉠~㉣의 기호를 쓰세요.**

국어

> 거짓말쟁이 형제는 텅 빈 베틀을 가리키며 말했어요㉠.
> "이 옷감이 바로 어리석은 사람에게는 안 보이고, 지혜로운 사람에게만 보이는 옷감입니다. 임금님㉡, 옷감이 어떻습니까㉢? 색깔도 곱고 무늬도 화려하지요?"
> 임금님은 몹시 당황했어요. 눈을 비벼 보아도 옷감이 없었거든요. 하지만 임금님은 어리석은 사람이라는 말을 들을까 봐 두려웠어요.
> "과연 아름다운 옷감이로구나㉣!"

(1) 마침표: (   )   (2) 쉼표: (   )

(3) 물음표: (   )   (4) 느낌표: (   )

유형 2 문장 부호의 쓰임 알기

문장을 살펴보고 문장 부호의 쓰임새를 알아보는 문제입니다.

물살 물이 흘러 내뻗는 힘.

2 **㉠~㉣에 대한 설명으로 맞으면 ○표, 틀리면 ✕표 하세요.**

국어

> 무더운 여름날, 개미가 시냇가로 물을 마시러 갔습니다. 그런데 그만 발이 미끄러져서 물에 빠지고 말았습니다㉠. 개미는 허우적거리며 물에서 나오려고 했지만, 물살이 세서 나올 수가 없었습니다.
> "아무도 없나요㉡? 누가 좀 도와주세요."
> 그때 비둘기가 개미를 보고는 나뭇잎을 떨어뜨려 주었습니다. 개미는 나뭇잎 위로 올라가 목숨을 건졌습니다.
> "아! 살았구나㉢! 비둘기야㉣, 정말 고마워!"

(1) ㉠ (.)은 묻는 문장 끝에 쓴다.   (   )

(2) ㉡ (?)은 설명하는 문장 끝에 쓴다.   (   )

(3) ㉢ (!)은 느낌을 나타내는 문장 끝에 쓴다.   (   )

(4) ㉣ (,)은 부르는 말이나 대답하는 말 뒤에 쓴다.   (   )

3

국어

㉠, ㉡에 들어갈 알맞은 문장 부호를 **보기**에서 찾아 쓰세요.

유형 3 문장에 알맞은 문장 부호 찾기

문장의 내용에 알맞은 문장 부호를 찾습니다.

냥 옛날에 엽전을 세던 단위를 말함.
달랑 딸린 것이 적거나 하나만 있는 모양.

가난한 청년은 부잣집에서 일을 하고, 돈 석 냥을 받아서 집으로 향했어. 그런데 집으로 가는 길에 누가 청년의 이름을 불렀어. 청년이 뒤를 돌아보니 도깨비가 서 있었지.

'어이쿠! 무서운 도깨비로구나!'

청년은 깜짝 놀라서 더듬거리며 물었어.

"무, 무슨 일이냐? 왜 날 불렀지㉠"

"얘㉡ 내가 돈이 필요해서 그러니 석 냥만 빌려 다오."

도깨비의 말에 청년은 망설였어. 가진 돈이 달랑 석 냥뿐이라서 도깨비에게 빌려주고 나면 밥을 굶어야 했거든.

보기

!(느낌표)   ?(물음표)   .(마침표)   ,(쉼표)

(1) ㉠: (   )   (2) ㉡: (   )

● 글의 종류 이야기(동화)

● 글의 특징 이 글은 늑대를 만난 아기 양이 꾀를 내어 위기에서 벗어나는 내용을 담은 이야기입니다.

● 낱말 풀이
호기심 새롭고 신기한 것을 좋아하거나 모르는 것을 알고 싶어 하는 마음.
헐레벌떡 숨을 가쁘고 거칠게 몰아쉬는 모양.

지문
★
☆
☆

낱말
★
★
☆

    양치기 소년이 양떼를 몰고 풀밭으로 나왔어요. 양들은 넓은 풀밭을 다니며 풀을 뜯어 먹었지요. 그 가운데에 호기심 많은 아기 양 한 마리가 있었어요.
    "심심한데 저쪽으로 가 볼까?"
    양치기 소년이 낮잠을 자는 사이, 아기 양은 무리를 떠나 먼 곳으로 갔어요.
    그런데 그만 큰일이 벌어졌어요. 사나운 늑대가 아기 양 앞에 나타난 거예요. 아기 양은 놀란 마음을 가다듬고 한 가지 꾀를 냈어요ⓐ.
    "흑흑흑. 늑대님, 마지막으로 제 소원 하나만 들어주세요☐"
    "소원이라고ⓑ?"
    "네, 저는 춤추는 걸 아주 좋아해요☐ 마지막으로 춤을 실컷 추고 싶으니 늑대님이 이 피리를 불어 주세요."
    아기 양이 눈물을 글썽이며 말하자ⓒ, 늑대는 알겠다고 했어요. 그러고는 신나게 피리를 불었지요. 아기 양은 피리 소리에 맞춰 춤을 추었어요.
    조금 뒤, 피리 소리를 들은 양치기 개들이 달려왔어요.
    "에구머니나ⓓ! 양치기 개들이잖아!"
    늑대는 놀라서 피리를 버리고 헐레벌떡 달아났어요. 아기 양은 양치기 개들과 함께 무사히 돌아왔답니다.

1 다음 중 가장 <u>먼저</u> 일어난 일의 기호를 쓰세요. (   )

구조

> ㉮ 사나운 늑대가 아기 양 앞에 나타났다.
> ㉯ 아기 양이 무리를 떠나 먼 곳으로 갔다.
> ㉰ 아기 양이 피리 소리에 맞춰 춤을 추었다.
> ㉱ 아기 양이 양치기 개들과 함께 무사히 돌아왔다.

2 아기 양이 무사히 돌아올 수 있었던 까닭은 무엇입니까? (   )

이해

① 다른 양들이 아기 양을 구하러 와서
② 아기 양이 큰 소리로 양치기 소년을 불러서
③ 늑대의 피리 소리를 듣고 양치기 개들이 달려와서
④ 늑대가 낮잠을 자는 사이 아기 양이 몰래 도망쳐서
⑤ 늑대가 피리를 부는 사이 양치기 소년이 구하러 와서

3 ㉠~㉣에 대한 설명으로 맞으면 ○표, 틀리면 ✕표 하세요.

어휘

(1) ㉠은 마침표이다.   (   )
(2) ㉡은 묻는 문장 끝에 쓴다.   (   )
(3) ㉢은 설명하는 문장 끝에 쓴다.   (   )
(4) ㉣은 느낌을 나타내는 문장 끝에 쓴다. (   )

4 빈칸에 공통으로 들어갈 문장 부호와 그 이름을 쓰세요.

어휘

(1) 문장 부호: (   )   (2) 문장 부호의 이름: (   )

05 문장 부호를 생각하며 띄어 읽기

★ 오른쪽 쪽지의 글을 읽어 보세요. 그리고 사다리를 타고 내려가 글을 바르게 띄어 읽었으면 ○표에, 그렇지 않으면 ✕표에 색칠하세요.

진아야, 안녕?
　나는 준호야. 너랑 짝이 되어 기뻐. 너랑 꼭 앉고 싶었거든!
앞으로 친하게 지내자. 학교생활도 열심히 하고! 알았지?

너랑 꼭 앉고
싶었거든!∨

앞으로 친하게
지내자.∨∨

학교생활도
열심히 하고!∨∨

주제 탐구

　글을 읽을 때에는 문장 부호에 알맞게 띄어 읽습니다. 쉼표(,) 뒤에는 ∨를 하고 조금 쉬어 읽습니다. 마침표(.), 느낌표(!), 물음표(?) 뒤에는 ∨∨를 하고 쉼표보다 조금 더 쉬어 읽습니다.

1

국어

㉠~㉤ 중 띄어 읽는 방법이 <u>다른</u> 곳의 기호를 쓰세요.

　수진아, ㉠나야. 혜정이.

　갑자기 쪽지를 주어서 놀랐지? ㉡너에게 고맙다는 말을 꼭 하고 싶어서 이 쪽지를 써.

　어제 오후에 비가 내릴 때부터 학교에서 집까지 어떻게 가야 하나 걱정하고 있었어. ㉢우산을 안 챙겨 갔으니까. ㉣그런데 네가 우산을 같이 쓰자고 말해 주었잖아. 우리 집이 너희 집이랑 멀리 떨어져 있는데도, 날 집 앞까지 바래다주었고.

　넌 정말 착하고 좋은 친구야! ㉤우리 앞으로 더욱 사이좋게 지내자!

　　　　　　　　　　　　　　　　　　　　　　　　　(　　　　　)

2

바슬즐

㉠과 ㉡을 알맞게 띄어 읽도록 빈칸에 ∨나 ⋁를 쓰세요.

　오늘 시골 할머니 댁에 왔습니다. 점심을 먹고, 할머니를 따라 밭에 갔는데, 흙에서 꾸물꾸물 움직이는 게 보였습니다.

　㉠"뭐지? 으악! 지렁이다!"

　나는 펄쩍 뛰며 소리쳤습니다.

　㉡"할머니, 큰일 났어요. 지렁이가 있어요."

　그런데 할머니께서 웃으시며 말씀하셨습니다.

　"지렁이 똥은 흙을 기름지게 해서 농사에 도움을 준단다."

　그 말을 듣고 나니, 징그럽게만 보였던 지렁이가 신기해 보였습니다. 지렁이가 밭에 똥을 많이 누었으면 좋겠습니다.

---

(1) "뭐지? ☐ 으악! ☐ 지렁이다!" ☐

(2) "할머니, ☐ 큰일 났어요. ☐ 지렁이가 있어요." ☐

3 다음 중 바르게 띄어 읽지 <u>못한</u> 것은 무엇입니까? (　　　)

유형 3 문장 부호에 알맞게 띄어 읽기

문장 부호에 따라 띄어 읽을 곳이 바르게 표시되었는지 파악합니다.

은하야, 안녕?

넬 우리 집에 초대하려고 해. 이번 주 토요일에 우리 집에 놀러 올래? 엄마가 친구들을 불러서 함께 놀아도 좋다고 하셨거든. 떡볶이도 만들어 주신대. 유진이랑 은정이도 오기로 약속했어.

네가 전부터 우리 집 고양이 뭉치를 보고 싶다고 했지? 토요일에 오면 뭉치도 볼 수 있을 거야. 그날 우리 함께 맛있는 것도 먹고, 재미있게 놀자.

꼭 올 거지? 대답 기다리고 있을게!

지영이가

토요일에 만나!

① 은하야,∨안녕?∨

② 널 우리 집에 초대하려고 해.∨

③ 이번 주 토요일에 우리 집에 놀러 올래?∨

④ 그날 우리 함께 맛있는 것도 먹고,∨재미있게 놀자.∨

⑤ 네가 전부터 우리 집 고양이 뭉치를 보고 싶다고 했지?∨

●글의 종류 생활문

●글의 특징 이 글은 친구인 성태와 떨어진 지갑을 주워 경찰서에 갖다준 '나'의 경험을 담은 생활문입니다.

●낱말 풀이
듬뿍 넘칠 정도로 매우 많거나 넉넉한 모양.

학교를 마치고 성태랑 집으로 돌아올 때였습니다.

골목길에 뭔가 떨어져 있었습니다. 가까이 가서 봤더니 지갑이었습니다. 지갑에는 돈과 카드가 들어 있었습니다.

㉠우리는 누가 금방 떨어뜨리고 갔나 싶어서 주위를 둘러보았습니다. 하지만 골목에는 아무도 없었습니다.

"진우야, 어떡하지?"

성태가 물었습니다. 그때 내게 좋은 생각이 떠올랐습니다. 얼마 전에 아빠께서 지갑을 잃어버리셨는데, 누군가 지갑을 경찰서에 맡겨서 찾을 수 있었습니다.

나는 지갑을 들고 성태와 경찰서로 갔습니다. 경찰 아저씨께 지갑을 건네며 어디에서 주웠는지도 말씀드렸습니다.

㉡"허허허, 참 착하구나! 여기로 잘 가져왔다."

"얘들아, 우리가 지갑 주인을 꼭 찾아 주마."

경찰 아저씨들은 좋은 일을 했다며 칭찬해 주셨습니다. 집에 돌아와 얘기했더니 엄마도 잘했다며 머리를 쓰다듬어 주셨습니다. 나는 칭찬을 듬뿍 받아서 기분이 좋았습니다.

1 '내'가 한 일에 모두 ○표 하세요.

이해

(1) 성태와 함께 지갑을 주웠다. ( )

(2) 골목길에서 지갑을 잃어버렸다. ( )

(3) 친구와 지갑을 경찰서에 가져갔다. ( )

(4) 지갑의 주인을 찾으러 돌아다녔다. ( )

2 ㉠이 가리키는 사람은 누구입니까? ( )

이해

① '나'와 성태 　　　　　　② '나'와 엄마

③ '나'와 아빠 　　　　　　④ 경찰 아저씨들

⑤ 성태와 경찰 아저씨

3 이 글에서 '내'가 갔던 장소의 차례대로 숫자를 쓰세요.

구조

(　　　)　　(　　　)　　(　　　)　　(　　　)

4 ㉡을 바르게 띄어 읽은 것은 무엇입니까? ( )

어휘

① "허허허, ∨참 착하구나! ∨여기로 잘 가져왔다."

② "허허허, ∨∨참 착하구나! ∨여기로 잘 가져왔다." ∨

③ "허허허, ∨참 착하구나! ∨여기로 잘 가져왔다." ∨

④ "허허허, ∨∨참 착하구나! ∨∨여기로 잘 가져왔다." ∨∨

⑤ "허허허, ∨참 착하구나! ∨∨여기로 잘 가져왔다." ∨∨

알아 두면 똑똑한 띄어쓰기

 '띄어쓰기'는 글을 쓸 때, 어떤 말을 앞말과 띄어 쓰는 것을 말해요. 다람쥐처럼 띄어쓰기를 바르게 하지 않으면 내 뜻을 다른 사람에게 정확하게 전할 수 없어요. 글을 쓸 때에는 띄어쓰기 규칙에 따라 알맞게 띄어 써야 해요.

● 낱말과 낱말 사이는 띄어 써요.

　예 문구점에∨가서∨연필을∨샀다.

● '은/는', '이/가', '을/를', '의' 등은 앞말에 붙여 써요.

　예 나는∨오늘∨떡볶이를∨먹었다.

● 수를 나타내는 말과 단위를 나타내는 말 사이는 띄어 써요.

　예 빵∨한∨개, 양말∨두∨켤레, 나무∨세∨그루

● 문장이 이어질 때 마침표(.)나 쉼표(,) 뒤에 오는 말은 띄어 써요.

　예 깜빡하고∨숙제를∨놓고∨왔다.∨나는∨다시∨집으로∨달려갔다.

1 띄어쓰기가 바른 것을 모두 골라 ○표 하세요.

(1) 동생이∨방에서∨피아노를∨치고∨있다.　　　　　(　　)

(2) 동생이∨방에서∨피아노∨를∨치고∨있다.　　　　(　　)

(3) 아침에∨늦게∨일어났다.그래서∨학교에∨지각을∨했다.　(　　)

(4) 아침에∨늦게∨일어났다.∨그래서∨학교에∨지각을∨했다. (　　)

2 다음 문장에서 밑줄 친 부분의 띄어쓰기를 바르게 고쳐 쓰세요.

건우는 엄마와 옷 가게에 가서 <u>바지한벌</u>을 샀어요.

➡ 건우는 엄마와 옷 가게에 가서 (　　　　　　　)을 샀어요.

이번 주 나의 독해력은?	이번 주 학습을 모두 끝마쳤나요?	☺	☺	😑
	글자와 낱말, 문장에 대해 잘 알고 있나요?	☺	☺	😑
	시와 이야기의 내용을 알 수 있나요?	☺	☺	😑

그림일기에 대해 알기

★ 팻말에 쓰여 있는 글을 보고 길을 찾으려고 해요. 그림일기에 대한 내용으로 맞으면 ○표, 틀리면 ✕표를 골라 길을 찾아보세요!

출발

그림일기에는
날짜와 요일이
들어가요.

그림일기에는
그림과 글이
들어가요.

그림일기에는
하루 중 가장 기억에
남는 일을 써요.

그림일기에
날씨는
안 들어가요.

그림일기에는
기뻤던 일만 써요.

그림일기에
자기 생각은
안 들어가요.

그림일기에는
그날 겪은 일을
모두 써요.

그림일기에는
기억에 남는 장면을
그림으로 그려요.

도착

주제 탐구

　그림일기는 하루 동안 겪은 일 가운데 가장 기억에 남는 일을 그림과 글로 표현한 것입니다. 그림일기에는 날짜와 요일, 날씨와 함께 겪은 일에 대한 자신의 생각이나 느낌을 씁니다. 그림일기를 쓰면 중요한 일을 오래 기억할 수 있고 일어난 일에 대해 깊이 생각할 수 있습니다.

45

유형 1 그림일기에 어울리는 그림 찾기

글에서 글쓴이가 겪은 일을 찾아 그 일에 어울리는 그림을 찾는 문제입니다.

1 이 그림일기에 어울리는 그림은 무엇입니까? (   )

국어

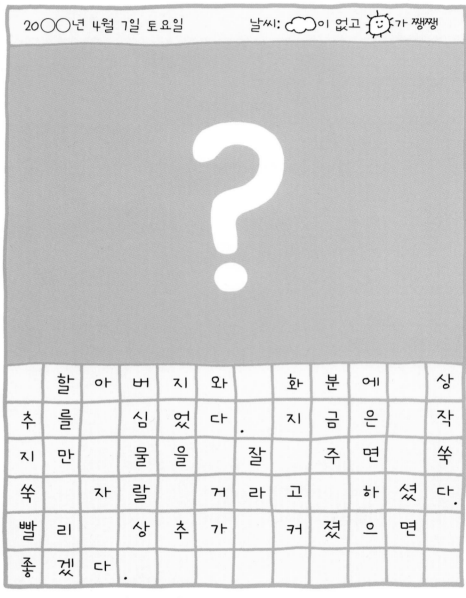

20○○년 4월 7일 토요일   날씨: ☁이 없고 ☀가 쨍쨍

할	아	버	지	와		화	분	에		상
추	를		심	었	다	.	지	금	은	작
지	만		물	을		잘		주	면	쑥
쑥		자	랄		거	라	고		하	셨	다
빨	리		상	추	가		커	졌	으	면
좋	겠	다	.							

① 화분에 꽃을 심는 그림
② 꽃밭에 물을 주는 그림
③ 할아버지와 저녁을 먹는 그림
④ 할아버지와 상추를 심는 그림
⑤ 할아버지와 놀이터에 놀러 간 그림

2 이 그림일기에서 글쓴이가 생각하거나 느낀 것을 <u>모두</u> 골라 ○
국어 표 하세요.

유형
2 그림일기에서 글쓴이
의 생각이나 느낌 찾기

글쓴이가 글감으로 쓴 겪
은 일에 대해 어떤 느낌을
받았는지, 글쓴이가 어떤
생각을 하게 되었는지 찾
는 문제입니다.

20○○년 9월 20일 수요일　　날씨: 구름과 햇님이 숨바꼭질한 날

	형	하	고		종	이	접	기	를		했
다	.	비	행	기	도		만	들	고		배
도		만	들	었	다	.	종	이	접	기	를
하	니		참		재	미	있	었	다	.	내
일	은		색	종	이	로		개	구	리	를
접	어		봐	야	겠	다	.				

(1) 형하고 종이접기를 했다. 　　　　　　　　　　　(　　　)

(2) 비행기도 만들고 배도 만들었다. 　　　　　　　(　　　)

(3) 종이접기를 하니 참 재미있었다. 　　　　　　　(　　　)

(4) 내일은 색종이로 개구리를 접어 봐야겠다. 　　(　　　)

●글의 종류 그림일기

●글의 특징 이 글은 글쓴이
가 이모네 집에 가서 샌드위
치를 먹은 일을 떠올려 쓴 그
림일기입니다.

지문
★
☆
☆

낱말
★
☆
☆

20○○년 6월 20일 일요일   날씨: ☀과 ☁이 반반

	엄	마	와		이	모	네		집	에
갔	다.		이	모	가		샌	드	위	치	를
만	들	어		주	셨	다.		내	가		가
장		좋	아	하	는		음	식	이	기
때	문	이	다.		오	랜	만	에		이	모
를		보	고		맛	있	는			것	도
먹	어	서		기	분	이		좋	았	다.

1 글쓴이가 간 곳은 어디인지 보기 에서 찾아 쓰세요.

이해

보기

학교   빵집   이모네 집

(   )

2 이 그림일기에서 찾을 수 <u>없는</u> 내용은 무엇입니까? (   )

이해

① 날짜   ② 요일   ③ 첫인사
④ 기억에 남는 일   ⑤ 자신의 생각이나 느낌

3 이 그림일기에 나타난 글쓴이의 생각과 느낌은 무엇인지 빈칸에 알맞은 말을 찾아 쓰세요.

이해

• 오랜만에 이모를 보고 맛있는 것도 먹어서 기분이 ☐☐☐ .

4 글쓴이와 비슷한 경험을 한 친구에 ○표 하세요.

문제해결

(1) 엄마 아빠와 자전거를 타면서 시간을 보냈어.

(2) 할머니 댁에 놀러 가서 제일 좋아하는 군고구마를 먹었어.

(3) 운동회 때 우리 반 친구들과 탈춤을 추었어.

07

그림일기에서 겪은 일 찾기

★ 주사위로 말판 놀이를 하면서 그림일기에 쓸 만한 겪은
일을 <u>모두</u> 찾아 ○표 하세요.

출발

잠을 잔 일

2칸 앞으로!

1칸 앞으로!

생일잔치를 한 일

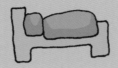

2칸 뒤로!

학교를 마치고 집으로 간 일

꽝!

박물관에 간 일

도착 칸으로 바로 이동!

아침밥을 먹은 일

1칸 앞으로!

1칸 뒤로!

학교에 간 일

1칸 앞으로!

그림 그리기 대회에 나간 일

아침에 일어난 일

가족과 놀이공원에 간 일

시작 칸으로!

꽝!

머리를 빗은 일

도착

아빠와 야구를 보러 간 일

2칸 앞으로!

친구와 다시 화해한 일

주제 탐구

　그림일기의 내용에는 하루 일과 중 늘 하는 일이 아니라 기억에 남는 일이 들어가야 합니다. 겪은 일 중 누구에게 들려주고 싶은 이야기, 숨겨 두고 싶은 이야기, 속상하고 억울한 이야기 등을 언제, 어디서, 누구와 있었던 일인지 자세히 표현해야 합니다. 그리고 그때의 생각과 느낌도 꼭 써야 합니다.

유형 1 그림일기에서 글쓴이가 겪은 일 찾기

그림일기의 글과 그림을 보고, 글쓴이가 겪은 일을 찾는 문제입니다.

수족관 물속에 사는 생물을 모아 놓고 길러 그 사는 모습을 연구하거나 관람할 수 있도록 만든 시설.

1 이 그림일기에서 글쓴이가 겪은 일은 무엇입니까? (   )

국어

20○○년 7월 3일 일요일   날씨: 해님이 방긋

	아	빠	하	고		수	족	관	에		갔
다	.	작	은		물	고	기	도		있	고
커	다	랗	고		무	섭	게		생	긴	
물	고	기	도		있	었	다	.	신	기	한
물	고	기	를		많	이		봐	서		즐
거	운		하	루	였	다	.				

① 가족과 바다에 간 일
② 아빠와 낚시를 간 일
③ 아빠와 수족관에 간 일
④ 엄마와 생선 가게에 간 일
⑤ 동생과 물고기에 대한 책을 산 일

2 ㉮~㉣ 중 그림일기에 쓸 만한 겪은 일을 두 가지 골라 기호를
쓰세요. (   )

유형 2 그림일기에 알맞은 글감 찾기

하루 일과 중 늘 하는 일이 아니라 그림일기의 글감으로 쓸 기억에 남는 일을 파악하는 문제입니다.

㉮ 일요일 아침, 일어나서 밥을 먹었다. 열두 시쯤 되자 슬슬 배가 고파져서 점심을 먹었다. 저녁 여섯 시쯤에는 저녁밥을 먹었다.

㉯ 더위를 피해 계곡으로 놀러 갔다. 언니와 나는 튜브를 끼고 물놀이를 했다. 계곡물이 시원한데다 물놀이가 재미있어서 한참을 놀았다.

㉰ 아침에 일찍 일어나서 세수를 했다. 칫솔에 치약을 묻혀 양치질도 했다. 다 씻은 다음에는 잠옷을 벗고 외출할 때 입는 옷으로 갈아입었다.

㉱ 엄마가 강아지를 데리고 오셨다. 우리 집도 강아지를 키우게 된 것이다. 나는 강아지에게 '구름'이라는 이름을 지어 주었다.

3 이 그림일기의 그림을 보고 글쓴이가 겪은 일을 말한 것에 ○표
하세요.

유형 3 그림일기의 그림에서 겪은 일 짐작하기

그림일기에 들어갈 그림에서 중요한 내용을 파악하고 글쓴이가 겪은 일을 찾습니다.

(1) 친구들과 눈싸움을 했어.   (   )

(2) 놀이터에서 눈사람을 만들었어.   (   )

(3) 눈썰매장에 가서 눈썰매를 탔어.   (   )

●글의 종류 그림일기

●글의 특징 이 글은 글쓴이
가 할아버지와 등산했던 일
을 쓴 그림일기입니다.

●낱말 풀이
경치 산이나 들, 강, 바다 따
위의 자연이나 지역의 모습.

지문
★
☆
☆

낱말
★
★
☆

20○○년 9월 17일 토요일

할	아	버	지	와		산	에		갔	다.
쉬	엄	쉬	엄		가	다		보	니		산
꼭	대	기	에		도	착	했	다	.		오	이
도		먹	고		땀	도		식	힌		뒤
다	시		내	려	왔	다	.		할	아	버	지
와		멋	진		경	치	를		봐	서
즐	거	운		하	루	였	다	.

1 이 그림일기에서 글쓴이가 겪은 일은 무엇입니까? (   )

이해

① 할머니와 강에 간 일

② 할아버지와 산에 간 일

③ 할머니와 바다에 간 일

④ 가족들과 동물원에 간 일

⑤ 할아버지와 식물원에 간 일

2주 2일
학습 끝!

붙임 딱지 붙여요.

2 이 그림일기에서 겪은 일에 대한 글쓴이의 생각이나 느낌은 무엇인지

이해 빈칸에 알맞은 말을 쓰세요.

• 할아버지와 멋진 ☐☐ 을/를 봐서 ☐☐☐ 하루였다.

3 이 그림일기에서 의 뜻을 지닌 낱말을 찾아 쓰세요.

어휘

> 보기
>
> 쉬어 가며 천천히 길을 가거나 일을 하는 모양.

(   )

4 이 그림일기에서 고칠 점을 알맞게 말한 친구에 <u>모두</u> ○표 하세요.

추론

(1) 처음 부분에 날씨를 넣어야 해.

(2) 글쓴이가 한 일이 들어가야 해.

(3) 글의 내용에 어울리는 그림을 그려야 해.

55

08

2주

설명하는 대상 알기

★ 다음 쪽지들이 설명하는 물건을 찾아 색칠하세요.

책과 공책, 필통 등을
넣고 다녀요.
학교에 갈 때 메는
가방이에요.

여러 숫자와
두 개의 길고 짧은
바늘이 있어요.
시간을 알려 줘요.

길고 커다란
네모 모양이에요.
누워서 잠을 잘 때
사용해요.

56

주제 탐구

　새로운 지식이나 물건을 설명하는 글에서는 무엇을 설명하고 있는지 생각하며 읽어야 합니다. 설명하는 글에서 알려 주는 '무엇'을 '설명하는 대상'이라고 합니다. 글을 읽을 때에는 이 설명하는 대상의 모양과 쓰임새, 특징이 어떠한지 살펴보고 정리하며 읽어야 합니다.

곰의 모양으로 만든 인형이에요. 털이 하얗고 보드라워요.

네모난 모양이에요. 여기에서 책을 읽거나 공부를 해요.

옷을 보관하는 데 사용해요. 열고 닫는 문이 달려 있어요.

책을 꽂아서 보관하는 데 사용해요. 책꽂이라고도 불러요.

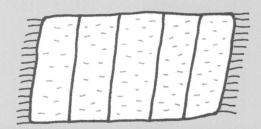

1 이 글에서 설명하는 것은 무엇입니까? (   )

바슬즐

꽃들이 가득 핀 들판, 파란 물결이 출렁이는 바다, 멋진 나무들이 들어선 숲을 보면, 한번쯤 그림으로 그려 보고 싶은 생각이 들지 않나요?

이렇게 자연의 풍경을 그린 그림을 '풍경화'라고 해요. 풍경화에는 주로 들, 산, 강, 바다 같은 아름다운 자연의 모습이 담겨 있어요. 도시나 시골의 모습을 그린 풍경화도 있지요. 풍경화는 자연이 중심이 된 그림이기 때문에 사람이나 동물은 대부분 작게 그려져 있어요.

① 그림   ② 사진   ③ 바다
④ 풍경화   ⑤ 아름다운 자연

2 ㉠과 ㉡에서 부채에 대해 알려 주는 점을 골라 ○표 하세요.

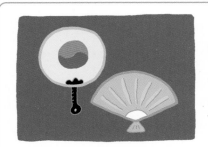

부채는 손으로 쥐고 흔들어서 바람을 일으키는 물건입니다. 부채는 모양에 따라 ㉠둥근 부채와 접었다 펴는 부채로 나뉩니다.

옛날 사람들은 무더운 여름날이면 팔랑팔랑 부채질을 해서 더위를 식혔습니다. 또 따가운 햇볕이 비칠 때도 부채로 가렸습니다. 나들이를 나갔다가 가벼운 비를 만날 때도 부채를 썼습니다. ㉡부채는 파리나 모기 같은 벌레를 쫓는 데도 쓰였습니다.

• ㉠은 부채의 (**모양** / 재료), ㉡은 부채의 (색깔 / **쓰임새**)에 대해 설명하고 있다.

3 이 글에서 설명한 무당벌레의 그림에 ○표 하세요.

바슬즐

> 무당벌레는 알록달록 예쁜 날개를 가진 곤충이에요. 크기가 새끼손톱만큼 작아 자세히 보아야 알 수 있어요. 무당벌레의 몸은 동전처럼 동그란데, 몸 전체가 딱딱한 날개로 덮여 있어요. 날개의 색깔은 빨간색과 노란색 등 여러 가지예요. 날개에는 작고 또렷한 검은 점도 여러 개 있지요.
>
> 무당벌레는 주로 진딧물을 잡아먹고 살아요. 농부들은 무당벌레가 식물의 즙을 빨아먹는 진딧물을 잡아먹기 때문에 고마운 곤충으로 여기지요.
>
> 무당벌레는 적을 만나면 발라당 드러누워서 죽은 척해요. 고약한 냄새가 나는 노란 액체도 내뿜지요. 그러면 적은 멀리 도망가 버린답니다.

유형 3 설명하는 대상의 생김새 알기

글에 담긴 정보를 바탕으로 설명하는 대상의 생김새를 파악합니다.

발라당 발이나 팔을 활짝 벌린 상태로 맥없이 뒤로 가볍게 자빠지거나 눕는 모양.
고약한 맛, 냄새 따위가 비위에 거슬리게 나쁜.

(1)

(2)

(3)

(4)

59

●글의 종류 설명하는 글(설명문)

●글의 특징 이 글은 민속놀이의 뜻과 여러 가지 민속놀이에 대해 자세하게 알려 주는 글입니다.

●중심 내용
1문단 옛날부터 전해 내려오는 조상들의 놀이를 '민속놀이'라고 함.
2~3문단 우리 조상들이 하던 민속놀이는 팽이치기, 줄다리기, 윷놀이, 연날리기 등 여러 가지가 있음.
4문단 민속놀이는 오늘날까지 계속 이어지고 있음.

●낱말 풀이
채 팽이, 공 따위의 대상을 치는 데에 쓰는 기구.
승부 이김과 짐.
말 고누나 윷놀이를 할 때 말판에서 정해진 규칙에 따라 옮기는 종이나 나뭇조각.

지문 ★ ★ ☆

낱말 ★ ★ ☆

여러분은 '민속놀이'에 대해 알고 있나요? 민속놀이란 우리 조상들이 생활하면서 즐겼던 놀이로 옛날부터 전해 내려오는 놀이를 말해요.

우리 조상들이 하던 민속놀이는 여러 가지가 있어요. 팽이를 채로 쳐서 뱅글뱅글 돌리는 팽이치기도 있고, 사람들을 두 편으로 나누어 줄을 잡아당겨 승부를 겨루는 줄다리기도 있어요. 윷을 던져 정해진 규칙대로 말을 움직여 시작한 곳으로 돌아오는 윷놀이는 어른과 아이가 모두 함께 즐기는 놀이였어요.

춥고 바람이 많이 부는 겨울에는 연을 만들어 연날리기 놀이를 했어요. 연날리기는 연에 실을 매어 하늘에 날리는 놀이예요. 사람들은 누가 더 연을 높이 띄우나 겨루기도 하고, 상대방의 연줄을 끊는 '연싸움'을 하기도 했지요.

민속놀이는 오늘날까지 계속 이어지고 있어요. 학교에서 운동회를 할 때는 여럿이 힘을 모으는 줄다리기가 빠지지 않아요. 가정에서도 설이나 추석 같은 명절이 되면 가족끼리 오손도손 모여 앉아 윷놀이를 하지요.

1 이 글에서 설명하는 것은 무엇입니까? (　　　)

이해

① 명절　　　　　② 윷놀이　　　　　③ 줄다리기
④ 민속놀이　　　⑤ 겨울에 했던 놀이

2주 3일 학습 끝! 붙임 딱지 붙여요.

2 이 글의 내용으로 알맞은 것에 <u>모두</u> ○표 하세요.

이해

(1) 민속놀이에는 여러 가지가 있다.　　　　　　　　　　(　　　)
(2) 오늘날의 사람들은 민속놀이를 하지 않는다.　　　　　(　　　)
(3) 민속놀이는 옛날부터 전해 내려오는 놀이이다.　　　　(　　　)
(4) 팽이치기는 정해진 규칙대로 말을 움직이는 놀이이다.　(　　　)

3 다음 그림은 어떤 민속놀이인지 빈칸에 알맞은 말을 쓰세요.

추론

(1)　　　　　　　　　　(2)

4 다음 낱말의 뜻으로 알맞은 것끼리 선으로 이으세요.

어휘

(1) 오손도손　　　　　① 작은 것이 잇따라 매끄럽게 도는 모양.

(2) 뱅글뱅글　　　　　② 정답게 이야기하거나 의좋게 지내는 모양.

61

흉내 내는 말 찾기

★ 둘 중 알맞은 흉내 내는 말을 찾아 ○표 하세요.

주제 탐구

　'흉내 내는 말'이란 사람이나 동물, 사물의 소리나 모양을 나타내는 말입니다. 동물의 울음소리, 사물이 움직이는 모양 등을 표현하는 흉내 내는 말을 사용한 글은 더욱 재미있고 실감납니다.

유형 1 흉내 내는 말 찾기

글에서 사람이나 동물, 사물의 소리나 모습을 흉내 내는 말을 찾습니다.

1 ㉠~㉤ 중 흉내 내는 말이 <u>아닌</u> 것은 무엇입니까? (   )

국어

여우가 길을 가고 있었어요. 그때 어디선가 달콤한 냄새가 ㉠솔솔 풍겨 왔지요. 냄새를 따라가 보니, 포도 덩굴에 먹음직스러운 포도가 ㉡주렁주렁 달려 있었어요.

"우아! 맛있겠는데?"

여우는 침을 ㉢꿀꺽 삼키며 포도를 향해 뛰어올랐어요. 하지만 포도가 ㉣너무 높이 달려 있어 손에 닿지 않았어요. 다시 ㉤펄쩍 뛰어 봤지만 포도를 딸 수 없었어요.

① ㉠   ② ㉡   ③ ㉢   ④ ㉣   ⑤ ㉤

유형 2 소리를 흉내 내는 말과 모양을 흉내 내는 말 구별하기

이야기 속에서 흉내 내는 말을 찾고 그중에서 모양을 흉내 내는 말을 구별합니다.

웅성웅성 여러 사람이 모여 소란스럽게 수군거리며 떠드는 소리 또는 모양.

2 이 글에서 보기 의 뜻을 가진 흉내 내는 말을 찾아 쓰세요.

국어

"큰일 났네. 어디로 가야 한담."

아우는 산에서 나무를 하고 내려오다 길을 잃었어요. 한참을 이리저리 헤매다 겨우 빈집을 발견했지요. 아우는 그곳에서 하룻밤 자고 가기로 마음먹었어요.

"가만, 이게 무슨 소리지?"

아우가 막 잠을 자려는 순간, 밖에서 웅성웅성 소리가 났어요. 살금살금 문 근처로 가서 밖을 내다보니 도깨비들이 몰려오고 있었어요. 아우는 놀라서 얼른 몸을 숨겼지요.

보기

남이 알아차리지 못하도록 눈치를 살펴가면서 살며시 행동하는 모양을 흉내 내는 말.

(   )

3 빈칸에 들어갈 흉내 내는 말로 알맞은 것에 ○표 하세요.

국어

유형3 대상에 어울리는 흉내 내는 말 찾기

시에 쓰인 표현을 살펴보고 대상에 어울리는 흉내 내는 말을 짐작해서 찾는 문제입니다.

누가누가 잠자나

목일신

넓고 넓은 밤하늘엔
누가누가 잠자나.
하늘나라 아기별이
깜박깜박 잠자지.

깊고 깊은 숲속에선
누가누가 잠자나.
산새 들새 모여 앉아
꼬박꼬박 잠자지.

포근포근 엄마 품엔
누가누가 잠자나.
우리 아기 예쁜 아기
☐☐☐☐ 잠자지.

(1) 첨벙첨벙 (　　　　) 　　(2) 모락모락 (　　　　)

(3) 새근새근 (　　　　) 　　(4) 깡충깡충 (　　　　)

●글의 종류 이야기(동화)

●글의 특징 이 글은 겨울이 오자 게으름을 부리던 베짱이가 어려움에 처한 상황을 보여 주며 개미처럼 앞날을 대비해야 한다는 교훈을 주는 이야기입니다.

무더운 여름날이었어요. 개미는 부지런히 일을 했어요. 땀을 ⓐ 흘리며 먹이를 집으로 날랐지요.

시원한 그늘에서 즐겁게 노래를 부르던 베짱이는 개미를 보며 말했어요.

"날씨도 덥고 먹을 것도 많은데, 뭐 하러 힘들게 일을 하니?"

"머지않아 추운 겨울이 올 거야. 너도 놀지만 말고 겨울에 먹을 먹이를 모아 두는 게 어때?"

하지만 베짱이는 도리도리 고개를 저었어요.

이윽고 찬 바람이 ⓑ 불고, 모든 것이 ⓒ 얼어붙는 겨울이 왔어요. 베짱이는 추위와 배고픔에 오들오들 떨다가 개미를 찾아갔어요.

"개미야, 너무 배가 고파. 혹시 네가 먹을 것을 좀 나눠 줄 수 있겠니?"

개미는 베짱이를 따뜻한 집 안으로 데려가 음식을 나누어 주었어요. 베짱이는 개미를 보며 '나도 열심히 일할걸.' 하고 후회했답니다.

1 다음 중 개미가 한 일이 <u>아닌</u> 것은 무엇입니까? (   )

이해

① 베짱이에게 음식을 나누어 주었다.
② 여름에 땀을 흘리며 열심히 일했다.
③ 여름에 시원한 그늘에서 노래를 불렀다.
④ 베짱이에게 먹이를 모아 두라고 충고했다.
⑤ 겨울에 먹을 먹이를 여름에 준비해 두었다.

2주 4일
학습 끝!

붙임 딱지 붙여요.

2 이 글에서 보기 의 뜻을 가진 흉내 내는 말을 찾아 쓰세요.

어휘

보기

춥거나 무서워서 몸을 잇따라 심하게 떠는 모양을 흉내 내는 말.

(   )

3 ㉠~㉢에 들어갈 흉내 내는 말로 알맞은 것끼리 선으로 이으세요.

어휘

(1) ㉠   •

(2) ㉡   •

(3) ㉢   •

•   ① 꽁꽁

•   ② 쌩쌩

•   ③ 뻘뻘

4 이 글을 읽고 느낀 점을 알맞게 말한 친구를 <u>모두</u> 골라 ○표 하세요.

비판

(1) 지훈: 개미처럼 부지런하게 살아야겠다고 생각했어!   (   )
(2) 윤서: 베짱이처럼 욕심을 부리지 말아야겠다고 생각했어!   (   )
(3) 준수: 개미처럼 앞날을 미리미리 준비해야겠다고 생각했어!   (   )
(4) 유진: 베짱이처럼 남을 위해 베풀며 살아야겠다고 생각했어!   (   )

글을 읽고 재미있는 부분 찾기

★ 둘 중 재미있는 말과 표현을 하는 구경꾼의 옷을 색칠해 보세요.

주제 탐구

　시나 이야기를 읽을 때에는 글쓴이가 마음을 어떻게 표현했는지, 인물의 말과 행동을 어떻게 표현했는지 장면을 떠올려 봅니다. 또, 모양이나 소리를 나타낸 말, 사람처럼 표현한 말과 재미있는 장면을 설명한 표현을 찾아봅니다.

유형 1 이야기에서 재미있는 표현 찾기

모양이나 소리를 나타내는 말이 들어간 재미있는 표현을 찾습니다.

코웃음 콧소리를 내어 남을 비웃는 웃음.

1 이 이야기를 읽고 재미있는 표현이 나타난 곳을 <u>두 군데</u> 고르세요. (   )

국어

⊙"제가 배를 따 드리지요."
ⓒ방귀쟁이 며느리의 말에 장사꾼들은 코웃음을 쳤어요.
"흥, 저렇게 높은 나무에 달린 배를 어떻게 딴다는 말이오."
ⓒ"난다 긴다 하는 사람들도 저 배는 못 땄소."
방귀쟁이 며느리는 배나무 아래로 갔어요. ⓔ엉덩이를 들고 배를 향해 뿌우우웅 방귀를 뀌었지요.
ⓜ그러자 배나무에서 배가 후드득 떨어졌어요.

---

① ⊙   ② ⓒ   ③ ⓒ   ④ ⓔ   ⑤ ⓜ

유형 2 시에서 재미있는 표현 찾기

시에서 모양이나 소리를 재미있게 표현한 부분을 찾는 문제입니다.

경적 주의나 조심을 하도록 자동차에서 소리를 울리는 장치.

2 이 시에서 재미있는 부분을 정리한 거예요. 빈칸에 알맞은 말을 쓰세요.

국어

네거리 빵집 앞

문삼석

네거리 빵집 앞 자동차들이	빵·빵! ─두 개만 달라고 졸라댑니다.
빵! ─한 개만 달라고 졸라댑니다.	빵·빵·빵·빵·빵! ─많이많이 달라고 졸라댑니다.

• 자동차 경적이 내는 '빵' 소리를 ⬜ 을/를 달라고 조르는 소리로 표현한 점이 재미있다.

3 이 시가 재미있는 까닭을 알맞게 말한 것에 ○표 하세요.

유형 3 장면을 떠올려 재미있는 까닭 찾기

시에서 말하는 이가 표현한 장면을 떠올려 보고 재미있는 까닭을 찾습니다.

국어

옆집 아이

이자원

옆집 아이가
아줌마와 함께
우리 집에 오면
소파로 가요.
아이는
소파에 올라서고
천천히
소파에서 내려와요.

박수 치는 소리
듣고 싶어서
또 소파에 올라서요.

(1) 아줌마와 아이가 온다는 점이 재미있어.   (   )

(2) 아이가 말을 얼마나 잘하는지 드러나 있어 재미있어.   (   )

(3) 아이가 소파 위에 어떻게 올라가는지 자세히 나와서 재미있어.
                                                                            (   )

(4) 아이가 박수 치는 소리를 또 듣고 싶어서 소파 위로 올라선다는
    내용이 재미있어.   (   )

71

● 글의 종류 동시

● 글의 특징 어미 닭과 병아리를 엄마와 아기에 빗대어 표현한 시입니다. 어미 닭이 옷을 지어 입히고, 병아리가 노란 털옷을 입었다는 표현이 재미있습니다.

● 중심 내용
1연 노란 털옷을 입은 병아리가 귀여움.
2~3연 어미 닭이 눈에 잘 띄라고 노란 옷을 지어 입혔음.
4~5연 노란 옷이 어떤지 보려고 어미 닭이 병아리를 달음질시켜 봄.

● 낱말 풀이
달음질시켜 급히 뛰어 달려가게.

병아리

엄기원

조그만 몸에
노오란 털옷을 입은 게
참 귀엽다.

병아리 엄마는
아기들 옷을
잘도 지어 입혔네.

파란 풀밭을 나가 놀 때
엄마 눈에 잘 띄라고
노란 옷을 지어 입혔나 봐.

길에 나서도
옷이 촌스러울까 봐

고 귀여운 것들을
멀리서
㉠꼬꼬꼬
달음질시켜 본다.

1 이 시는 어떤 모습을 보고 지은 시인지 빈칸에 알맞은 말을 쓰세요.

_{이해}

• 어미 닭과 [   ][   ][   ] 이/가 나들이하는 모습을 그린 시이다.

2주 5일
학습 끝!

붙임 딱지 붙여요.

2 밑줄 친 ㉠은 누가 내는 소리인지 보기 에서 찾아 쓰세요.

_{이해}

보기

아기   병아리   어미 닭   파란 풀밭

(   )

3 이 시에서 재미있게 표현한 점을 <u>모두</u> 고르세요. (   )

_{이해}

① 병아리들이 노란 꽃송이 같다고 표현했다.
② 작은 병아리를 몸집이 큰 닭처럼 표현했다.
③ '꼬꼬꼬' 같은 흉내 내는 말을 써서 표현했다.
④ 병아리들이 사람처럼 옷을 사 입었다고 표현했다.
⑤ 병아리를 아기로, 어미 닭을 엄마로 사람처럼 표현했다.

4 이 시에 대한 생각이나 느낌을 <u>잘못</u> 말한 친구를 골라 ○표 하세요.

_{비판}

(1) 길에서
병아리들이 달리는
모습이 떠올랐어.

(2) 병아리들이
막 알을 깨고 나오는
모습이 그려졌어.

(3) 어미 닭과
병아리들이 함께 있는
평화로운 모습이
떠올랐어.

73

비슷한말과 반대말

 '비슷한말'은 말의 뜻이 같은 말이에요. 그래서 비슷한말로 바꾸어 써도 문장의 뜻이 달라지지 않지요. '반대말'은 말의 뜻이 전혀 다른, 반대의 뜻을 가진 말이에요. 그래서 반대말을 넣으면 문장의 뜻이 아예 달라지지요.

● 비슷한말

낮 – 얼굴

책방 – 서점

달리다 – 뛰다

쉽다 – 편리하다

말하다 – 이야기하다

아름답다 – 곱다 – 예쁘다

● 반대말

낮 ↔ 밤

앞 ↔ 뒤

길다 ↔ 짧다

오다 ↔ 가다

가깝다 ↔ 멀다

무겁다 ↔ 가볍다

1 다음 낱말의 비슷한말은 빨간색, 반대말은 파란색 선으로 이으세요.

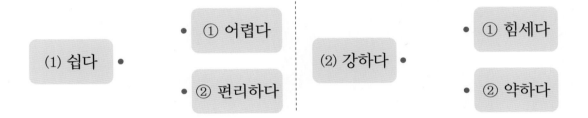

2 밑줄 친 낱말과 비슷한말을 보기 에서 찾아 쓰세요.

보기

뛰어갔다   말했다   서점

(1) 책방에서 동화책을 읽었다.   (   )

(2) 나는 열심히 집으로 달려갔다.   (   )

(3) 비밀 이야기를 귀에 대고 이야기했다.   (   )

이번 주 나의 독해력은?	이번 주 학습을 모두 끝마쳤나요?	☺ ☺ ☹
	그림일기에서 겪은 일을 찾을 수 있나요?	☺ ☺ ☹
	설명하는 대상의 특징을 알 수 있나요?	☺ ☺ ☹

A T2

추론 독해

글에 숨겨진 정보를 짐작해 보고 생략된 내용이나 숨겨진 주제,
글을 쓴 목적을 찾아보며 읽어요.
그리고 글에 드러난 관점이나 글쓴이의 주장과 근거,
표현 방법 등을 비판하며 읽는 방법도 배워요.

contents

★11일 그림을 보고 내용 짐작하기 _78쪽

★12일 누가 무엇을 했는지 생각하며 글 읽기 _84쪽

★13일 일어난 일을 생각하며 글 읽기 _90쪽

★14일 글을 읽고 새롭게 알게 된 점 파악하기 _96쪽

★15일 글에 알맞은 제목 붙이기 _102쪽

그림을 보고 내용 짐작하기

★ 꽃에 그려진 그림을 보고, 그림의 내용을 알맞게 짐작한 것을 모두 골라 ○표 하세요.

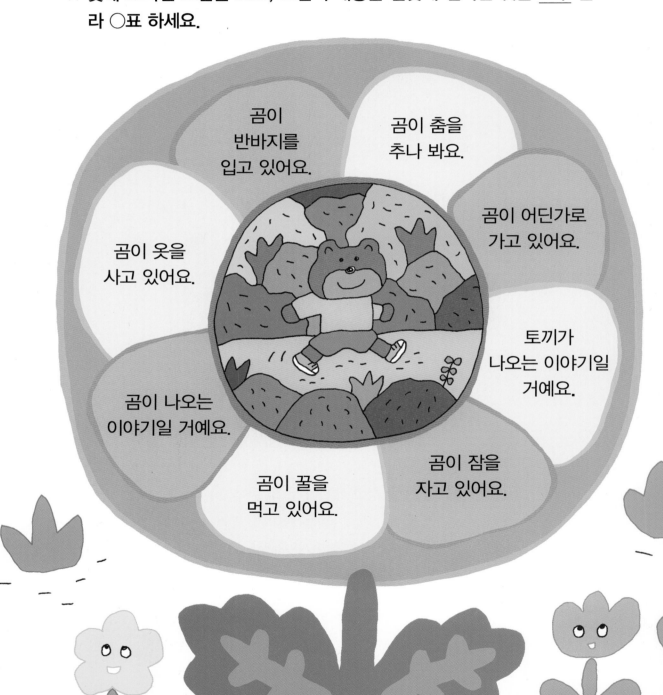

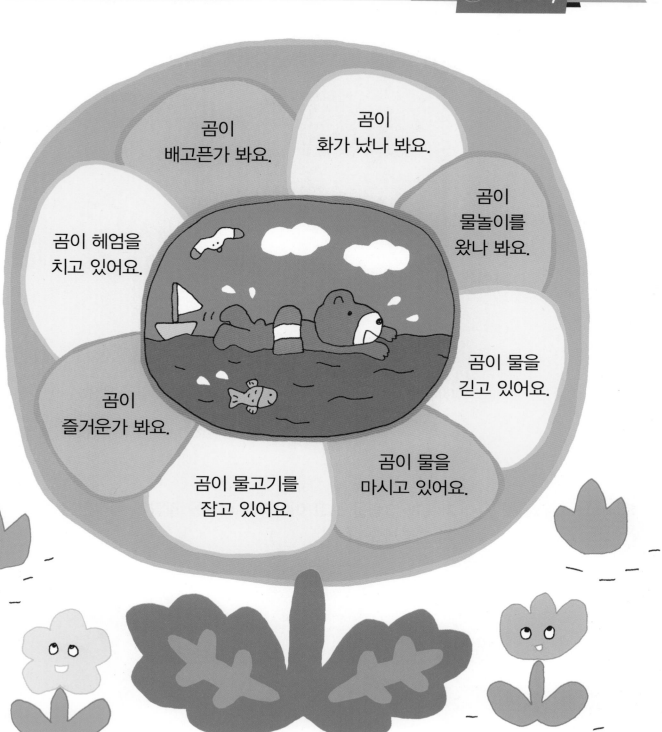

곰이
배고픈가 봐요.

곰이
화가 났나 봐요.

곰이
물놀이를
왔나 봐요.

곰이 헤엄을
치고 있어요.

곰이 물을
긷고 있어요.

곰이
즐거운가 봐요.

곰이 물을
마시고 있어요.

곰이 물고기를
잡고 있어요.

주제 탐구

　이야기 책에는 글과 그림이 함께 나옵니다. 글과 그림을 함께 보며 글과 그림이 전해 주려는 뜻을 살펴보면 이야기의 내용을 짐작할 수 있습니다. 또, 인물의 마음과 뒤에 일어날 일도 상상할 수 있습니다.

1 글과 그림을 보고 내용을 알맞게 짐작한 것에 ○표 하세요.

국어

꿀벌 붕붕이는 아침 일찍 일어났어요.
"얘들아, 일하러 가자!"
붕붕이는 친구들과 함께 꽃밭으로 붕붕 날아갔어요.

(1) 붕붕이는 꽃밭에서 꽃을 따는 일을 했어.   (   )

(2) 붕붕이는 꽃밭으로 날아가서 꽃구경을 했어.   (   )

(3) 붕붕이는 꽃밭에 가서 꽃의 꿀을 모으는 일을 했어.   (   )

2 제목과 그림을 보고 이야기의 내용을 알맞게 짐작한 것을 <u>두 가지 고르세요.</u> (   )

국어

① 까마귀가 조약돌을 먹는 이야기일 것이다.

② 목이 마른 까마귀가 나오는 이야기일 것이다.

③ 까마귀가 조약돌로 물병을 깨는 이야기일 것이다.

④ 까마귀가 물을 마시는 것과 관련 있는 이야기일 것이다.

⑤ 까마귀가 화가 나서 물병을 넘어뜨리는 일이 일어날 것이다.

3 다음 그림에 어울리는 이야기의 내용을 <u>모두</u> 골라 ○표 하세요.

국어

유형 3 그림에 어울리는 이야기의 내용 상상하기

그림을 살펴보고 이야기의 내용을 짐작하여 어울리는 글을 파악합니다.

(1) 생쥐들이 길에서 풍선을 주웠어.
후욱 후! 풍선을 불어서 작은 바구니에 달아맸지.

(2) 생쥐들이 후욱 후! 풍선을 크게 불었어. 그런데
너무 크게 불었나 봐. 풍선이 뻥 터져 버렸거든.

(3) "우리 멀리 여행을 떠나 보자!"
생쥐들은 풍선 바구니를 타고 두둥실 하늘로
날아올랐어.

● **글의 종류** 이야기(동화)

● **글의 특징** 이 글은 동물들이 브레멘으로 가는 도중에 모험을 벌이는 「브레멘 음악대」의 일부입니다. 주어진 글은 주인에게 버림받은 당나귀가 사냥개, 고양이, 수탉과 함께 꾀를 내어 도둑들을 내쫓는 이야기입니다.

● **낱말 풀이**
음악대 음악을 연주하는 단체를 이름.
브레멘 독일 북부 베저강 아래쪽에 있는 항구 도시.

[앞 이야기] 당나귀가 너무 늙어서 짐을 나를 수 없게 되자 주인은 당나귀 가죽으로 북을 만들려고 했어요. 집에서 도망친 당나귀는 브레멘에 가서 음악가가 되기로 했지요. 당나귀는 브레멘으로 가던 중 늙은 사냥개, 늙은 고양이, 늙은 수탉을 만났어요.

당나귀와 사냥개, 고양이, 수탉은 음악대를 만들고, 브레멘으로 향했어요. 그러다 날이 저물자 쉬어 갈 곳을 찾았지요.

"저기 불빛이 보인다!"

수탉이 가리키는 곳으로 갔더니 집이 한 채 있었어요. 창문으로 들여다보니 집 안에서는 도둑들이 한바탕 잔치를 벌이고 있었지요.

네 마리 동물은 도둑들을 쫓아내고 음식을 먹기 위해 꾀를 냈어요. 먼저 사냥개가 당나귀 등에 올라탔어요. 사냥개 등에는 고양이가, 고양이 등에는 수탉이 올라갔지요. 네 마리 동물은 창가에서 한꺼번에 소리쳤어요.

"히이힝! 컹컹! 야옹! 꼬끼오!"

그림 형제, 「브레멘 음악대」

지문 ★ ☆ ☆

낱말 ★ ★ ☆

1 이 글에 나오지 <u>않는</u> 인물은 누구입니까? (   )

① 수탉   ② 사냥개   ③고양이
④ 조랑말   ⑤ 당나귀

2 동물들이 도둑을 쫓아내기 위해 한 일은 무엇입니까? (   )

① 네 동물이 한꺼번에 소리쳤다.
② 네 동물이 함께 음악대를 만들었다.
③ 네 동물이 차례로 집 안으로 들어갔다.
④ 네 동물이 한꺼번에 도둑들에게 달려들었다.
⑤ 사냥개는 도둑을 물고, 고양이는 도둑을 할퀴었다.

3 '수탉'에 쓰인 '받침'은 무엇인지 쓰세요. (   )

4 그림을 보고 이어질 이야기를 알맞게 짐작한 친구에 ○표 하세요.

(1) 도둑들은 창문으로 동물들의 모습을 봤어. 그래서 동물들을 잡으려고 집에서 달려나왔어.

(2) 도둑들은 사람들에게 숨어 있는 장소를 들켰다고 생각했어. 그래서 잡히지 않으려고 집에서 도망쳤어.

(3) 도둑들은 창문으로 무서운 그림자를 보고 깜짝 놀랐어. 무시무시한 괴물이 나타난 줄 알고 집에서 도망을 쳤지.

12 누가 무엇을 했는지
생각하며 글 읽기

3주

★ 카드에는 이야기에 나오는 인물의 모습이 그려져 있어요. 인물이 한
 일을 잘 살펴보고, 누가 한 일인지 빈칸에 인물의 이름을 쓰세요.

거북

여우

콩쥐

나무꾼

빨간 모자

주제 탐구

　이야기에는 다양한 인물이 나와 어떤 일을 벌입니다. 이야기의 인물은 사람뿐 아니라 사람처럼 말하고 행동하는 동물과 식물도 될 수 있습니다. 이야기를 읽을 때는 인물이 어떤 일을 하는지 생각하며 인물의 말과 행동에 집중하여 읽습니다.

유형 1 이야기 속 등장인물 파악하기

이야기에는 여러 인물이 나오기도 합니다. 이 이야기에는 왕자와 마녀, 라푼첼이 등장합니다.

1 이 글에 나오는 인물을 <u>모두</u> 쓰세요.

국어

어느 날, 왕자는 탑 아래에 있는 마녀를 보았어요. 마녀는 창문을 올려다보며 큰 소리로 외쳤지요.

"라푼첼! 네 머리카락을 내려 다오!"

그러자 라푼첼이 창밖으로 길고 아름다운 황금빛 머리를 늘어뜨렸어요. 마녀는 그 머리카락을 붙잡고 위로

올라갔지요. 왕자는 속으로 생각했어요.

'옳지! 저렇게 하면 탑 안으로 들어갈 수 있겠구나!'

그림 형제, 「라푼첼」

(   ), (   ), (   )

유형 2 인물이 한 일 찾기

이야기를 읽고 인물이 한 일을 파악합니다.

샅샅이 틈이 있는 곳마다 모조리.

2 이 글에서 도둑이 한 일은 무엇입니까? (   )

국어

옛날에 한 선비가 살았어. 선비네 집은 아주 가난했지. 가족들은 쌀이 없어서 굶는 날도 많았단다.

그러던 어느 날 선비의 집에 도둑이 들었어. 도둑은 집 안을 샅샅이 뒤졌지만 가져갈 만한 물건이 없었어. 혹시 좋은 물건을 숨겨 놨나 해서 부엌까지 가 봤지만 마찬가지였지. 부엌에는 먹을 것도 없고, 솥 안도 텅 비어 있었어.

'에휴, 내 살다가 이렇게 가난한 집은 처음이구먼.'

도둑은 오히려 자기가 가지고 있던 돈을 솥 안에 넣어 두고 나왔어.

① 선비네 집에 청소하러 갔다.

② 선비네 부엌에서 솥을 가지고 나왔다.

③ 선비 가족들에게 음식을 만들어 주었다.

④ 선비네 집에 도둑이 들었다고 알려 주었다.

⑤ 가지고 있던 돈을 솥 안에 넣어 두고 나왔다.

3 이 글에서 막내와 고양이가 한 일을 선으로 이으세요.

유형 3 여러 인물이 한 일 파
악하기

이야기를 읽고 인물이 각
각 어떤 일을 했는지 인물
들이 한 일을 파악하는 문
제입니다.

자루 속에 물건을 담을 수
있도록 헝겊 따위로 길고
크게 만든 주머니.
장화 목이 길게 올라오는
신. 가죽이나 고무로 만드
는데 비가 올 때나 말을
탈 때에 신는다.

> 막내는 한숨을 푹 내쉬었어요.
> "큰형은 방앗간을, 작은형은 당나귀를 물려받았으니 괜찮을
> 거야. 하지만 난 겨우 고양이 한 마리라니…… 앞으로 어떻
> 게 먹고살지?"
> 그러자 옆에 있던 고양이가 말했어요.
> "걱정 마세요. 제게 좋은 생각이 있으니까요!"
> 고양이는 막내에게 끈이 달린 자루 한 개와 장화 한 켤레를
> 구해 달라고 했어요. 막내는 일단 고양이가 시키는 대로 하기
> 로 마음먹었지요. 그래서 자루와 장화를 마련해 주었어요.
> 고양이는 장화를 신고 숲으로 갔어요. 자루에 토끼가 좋아
> 하는 먹이를 넣고 입구를 벌려 놓았지요. 그런 다음 자루 옆에
> 드러누워 죽은 척했어요.
> 얼마 뒤 토끼 한 마리가 자루로 들어가자, 고양이는 얼른 자
> 루 끈을 잡아당겨 토끼를 잡았어요.
>
> 샤를 페로, 「장화 신은 고양이」

(1)  •

(2)  •

• ① 장화를 신고 숲에 가서
자루로 토끼를 잡았다.

• ② 자루 한 개와 장화 한
켤레를 마련해 주었다.

지문 ★ ☆ ☆

낱말 ★ ★ ☆

●글의 종류 이야기(동화)

●글의 특징 이 글은 현명한 여우가 나이 든 사자의 속셈을 알아차려 자신의 목숨을 보호했다는 내용을 담은 이야기입니다.

●낱말 풀이
병문안 앓고 있는 사람을 찾아가서 병의 상태를 알아보고 위로하는 일.
멀찍이 사이가 꽤 떨어지게.

　옛날에 늙은 사자가 살고 있었어요. 사자는 나이가 들어 사냥을 제대로 할 수 없었지요. 그래서 동굴에 드러누워 아프다는 소문을 낸 다음, 동물들이 병문안을 오면 꿀꺽 잡아먹었어요.
　동물들의 수가 점점 줄어들자 여우는 이상하다고 생각했어요. 그래서 무슨 일인지 알아보러 사자가 있는 동굴에 찾아갔어요.
　"사자님, 접니다. 몸은 괜찮으신가요?"
　"나야 그냥 그렇지. 이리 ㉠가까이 와서 얘기나 하세."
　사자는 계속 들어오라고 했지만 여우는 멀찍이 떨어져서 동굴 주위를 살폈어요. 그러고는 사자에게 말했지요.
　"저도 그러고 싶어요. 하지만 동굴 ㉡안으로 걸어 들어간 발자국은 많은데 밖으로 걸어 나온 발자국은 없군요!"
　그 뒤로 사자에게 병문안을 간 동물은 아무도 없었답니다.

1 다음은 누가 한 일인지 찾아 쓰세요.

이해

> • 동굴에 드러누워 아픈 척을 했다.
> • 병문안을 온 동물들을 잡아먹었다.
> • 숲속의 동물들에게 아프다는 소문을 냈다.

(   )

3주 2일
학습 끝!

붙임 딱지 붙여요.

2 여우가 동물들이 줄어드는 것을 보고 한 일은 무엇입니까? (   )

이해

① 다른 먹잇감을 찾아 숲을 떠났다.
② 겁이 나서 다른 곳으로 도망쳤다.
③ 동물들이 몇이나 남았는지 세어 보았다.
④ 남은 동물들을 숲속 놀이터에 불러 모았다.
⑤ 무슨 일인지 알아보러 사자가 있는 동굴에 찾아갔다.

3 ㉠, ㉡과 뜻이 반대인 낱말끼리 선으로 이으세요.

어휘

(1) ㉠ •

(2) ㉡ •

① 밖으로

② 멀찍이

4 동물들이 더 이상 사자에게 병문안을 가지 않은 까닭을 알맞게 말한

추론 친구에 ○표 하세요.

(1) 사자가 동물들을 잡아먹는다는 사실을 알았기 때문이야.

(2) 동물들이 모두 병문안을 다녀왔기 때문이야.

(3) 사자의 병이 다 나았기 때문이야.

일어난 일을 생각하며 글 읽기

★ 이 이야기에서 일어난 일로 알맞은 것을 따라가며 민호에게 길을 찾아 주세요.

배고픈 여우가 참나무 구멍 속에 있는 빵과 고기를 발견했어요. 그 음식은 양치기가 먹다가 남겨 둔 것이었지요.

겨우겨우 구멍으로 들어간 여우는 빵과 고기를 먹어 치웠어요. 다시 밖으로 나오려고 했지만 배가 불러 나올 수 없었지요.

여우가 참나무 구멍에 있는 빵과 고기를 발견했어요.

여우가 바위 위에 있는 빵과 고기를 발견했어요.

여우는 구멍에 들어가서 빵과 고기를 먹었어요.

여우는 바위 위에 있는 빵과 고기를 먹었어요.

양치기가 빵과 고기를 먹으러 나타났어요.

여우가 양치기에게 붙잡혔어요.

양치기가 여우를 용서해 줬어요.

여우는 양치기에게 잡힐까 봐 겁이 나서 엉엉 울었어요. 지나가던 여우가 그 모습을 보고 말했어요.

"어리석기는! 배가 홀쭉해지면 나올 수 있을 테니 기다려."

결국 여우는 며칠을 굶은 다음에야 밖으로 나올 수 있었어요.

여우는 참나무 구멍을 부쉈어요.

여우는 빵과 고기를 먹자마자 밖으로 나왔어요.

여우는 양치기한테 잡힐까 봐 겁이 나서 울었어요.

여우는 다시 참나무 구멍에서 며칠을 굶었어요.

여우는 배가 불러 참나무 구멍에서 나오지 못했어요.

다시 홀쭉해진 여우는 구멍 밖으로 나왔어요.

양치기는 빵과 고기가 사라져 엉엉 울었어요.

주제 탐구

이야기에서는 여러 가지 일이 일어납니다. 이야기에서 일어난 일을 살펴보면 먼저 일어난 일과 나중에 일어난 일의 차례를 짐작할 수 있습니다. 인물이 어디에서 누구를 만났는지, 무엇을 보았는지, 어떤 일을 겪었는지 등을 찾으며 글을 읽습니다.

1 이 글에서 일어난 일을 <u>두 가지</u> 고르세요. (   )

국어

> 소년은 며칠을 걷고 또 걸어 북풍을 찾아갔어요.
> "지난번에 날려 버린 제 밀가루를 돌려주세요! 먹을 것이 없어 굶고 있어요!"
> 북풍은 소년에게 이야기했어요.
> "미안하구나. 대신 이 신기한 식탁보를 주마. '맛있는 음식을 내놓아라!' 하고 외치면 어떤 음식이든 다 나올 거야."

① 북풍이 갑자기 소년을 찾아왔다.

② 소년이 며칠을 걸어 북풍을 찾아갔다.

③ 북풍이 소년에게 음식을 차려 주었다.

④ 소년이 북풍에게 밀가루를 돌려받았다.

⑤ 북풍이 소년에게 신기한 식탁보를 주었다.

2 일이 일어난 장소와 일어난 일을 알맞게 선으로 이으세요.

국어

> 논에서 농사일을 하던 총각은 힘없이 중얼거렸어.
> "이 농사를 지어서 누구랑 먹고살꼬."
> "나랑 먹고살지."
> 총각은 느닷없는 소리에 놀라서 주위를 둘러봤어. 그런데 아무도 없고 발아래 우렁이가 한 마리만 있네. 이상하게 여긴 총각은 우렁이를 집으로 들고 왔어. 이튿날, 총각이 일을 하고 집으로 돌아왔는데, 세상에! 방 안에 맛있는 음식이 차려진 밥상이 놓여 있지 뭐야.

(1) 논 •	• ① 방 안에 맛있는 음식이 차려진 밥상이 놓여 있었다.
(2) 집 •	• ② 농사일을 하던 총각이 한 말에 우렁이가 대답했다.

3 이 글에서 일이 일어난 차례대로 빈칸에 숫자를 쓰세요.

유형 3 일어난 일의 차례 알기

줄거리가 있는 이야기를 읽고 먼저 일어난 일과 나중에 일어난 일의 차례를 살펴 전체 이야기의 차례를 파악합니다.

국어

옛날 어느 산골 마을에 할아버지와 할머니가 살고 있었어요.
하루는 할머니가 강으로 빨래를 하러 갔을 때였어요. 강물 위로 무언가가 동동 떠내려왔어요.
"저게 뭐지?"
할머니가 가만히 살펴보니 복숭아였어요.
"옳거니, 집에 가져가서 영감이랑 나눠 먹어야겠다!"
할머니는 얼른 복숭아를 건져서 집으로 가져왔어요.
얼마 뒤, 나무를 하러 갔던 할아버지가 돌아왔어요. 할머니는 할아버지와 함께 복숭아를 먹으려고 했지요. 그때였어요.
"어이쿠, 세상에!"
복숭아가 저절로 쩍 갈라졌어요. 그리고 복숭아 안에서 귀여운 사내 아기가 나왔지요.

(1)

(2)

(3)

(4)

●글의 종류 이야기(동화)

●글의 특징 이 글은 착한 아우가 복을 받고 욕심 많은 형이 벌을 받는 옛이야기 「붉은 구슬과 푸른 구슬」의 일부입니다. 주어진 글은 착한 아우가 할머니가 말한 대로 푸른 구슬을 던져 소가 나오는 장면입니다.

●낱말 풀이
수수떡 찰수수 가루로 만든 떡을 이름.

지문 ★ ☆ ☆

낱말 ★ ☆ ☆

[앞 이야기] 옛날에 욕심 많은 형과 착한 아우가 살았어요. 형이 아버지에게 물려받은 재산을 모두 차지해서 아우는 가난하게 살았어요. 아우는 수수떡을 만들어 팔려고 나선 길에 배고파하는 할머니에게 수수떡을 주었어요.

"정말 고마워. 젊은이가 수수떡을 주지 않았다면, 난 굶어 죽었을 거야."
할머니는 착한 아우의 손을 잡고 말했어요.
"지금부터 내 말을 잘 듣게. 저기 산꼭대기로 가면 커다란 나무 밑에 구슬 두 개가 묻혀 있을 거야. 그중 푸른 구슬을 가져다 마당에 던져 보게. 그럼 좋은 일이 생길 테니까. 하지만 붉은 구슬은 절대 가져가선 안 되네!"
아우는 할머니가 시키는 대로 산꼭대기로 가 보았어요. 그곳에서 커다란 나무를 찾아 밑을 팠더니 과연 구슬 두 개가 있었지요.
아우는 할머니의 말씀대로 붉은 구슬은 두고, 푸른 구슬만 가지고 집으로 돌아왔어요. ㉠그리고는 마당에 푸른 구슬을 던졌어요. 그러자 갑자기 토실토실 살찐 큰 소가 나타났어요.
아우는 다시 푸른 구슬을 던져 보았어요. 구슬을 던질 때마다 계속해서 소가 나왔지요. 가난했던 아우는 금세 큰 부자가 되었어요.

1 붉은 구슬과 푸른 구슬이 묻힌 곳은 어디인지 빈칸에 알맞은 낱말을
이해 쓰세요.

- 붉은 구슬과 푸른 구슬은 산꼭대기에 있는 커다란 ☐☐ 밑에
묻혀 있다.

3주 3일
학습 끝!

붙임 딱지 붙여요.

2 이 이야기에서 가장 먼저 일어난 일은 무엇입니까? (   )
구조

① 아우가 큰 부자가 되었다.
② 아우가 산꼭대기로 올라갔다.
③ 아우가 푸른 구슬을 던지자 소가 나왔다.
④ 아우가 푸른 구슬을 가지고 집으로 돌아왔다.
⑤ 할머니가 아우에게 산꼭대기로 가 보라고 했다.

3 이 글에서 보기 와 같은 뜻을 지닌 낱말을 찾아 쓰세요.
어휘

> 보기
>
> 보기 좋을 정도로 살이 통통하게 찐 모양.

(   )

4 ㉠에서 알 수 있는 아우의 마음으로 알맞지 않은 것에 ○표 하세요.
추론

(1) 가난했는데 소가 생겨서 기쁜 마음이었을 거야.

(2) 갑자기 소가 나타났으니, 놀란 마음이었을 거야.

(3) 갑자기 소가 나타나서 도망치고 싶은 마음이었을 거야.

14 글을 읽고 새롭게 알게 된 점 파악하기

3주

★ 다음 「횡단보도를 건너는 바른 방법」을 읽고 내용을
알맞게 말한 친구를 <u>모두</u> 찾아 ○표 하세요.

> 횡단보도에서 신호가 바뀌기를 기다릴 때는 안전선 뒤로 물러서 있어야 해요. 신호등이 초록불로 바뀌어도 곧바로 횡단보도를 건너면 안 돼요! 차들이 멈췄는지 확인하고 건너야 하지요.

횡단보도에서 신호가 바뀌기를 기다릴 때에는 안전선 뒤로 물러서 있어야 해!

신호등이 초록불로 바뀌면 바로 횡단보도를 건너야 해.

횡단보도에서 신호가 바뀌기를 기다릴 때는 차도 가까이에 서 있어도 돼!

신호등이 초록불로 바뀌어도 차들이 멈췄는지 확인해야 해!

횡단보도를 건널 때는 빨리 뛰어야 해!

횡단보도를 건널 때는 뛰면 안 돼!

횡단보도를 건너는 동안에도 갑자기 달려오는 차가 없는지 왼쪽, 오른쪽을 잘 살펴보세요. 그리고 횡단보도를 건널 때는 뛰거나 장난치지 말아야 해요. 뛰거나 장난치면 마주 오던 사람과 부딪칠 수 있거든요. 만약 자전거를 타고 있다면, 반드시 내려서 자전거를 끌고 건너세요.

횡단보도를 건너는 동안에도 달려오는 차가 없는지 잘 살펴야 해.

횡단보도를 건널 때에는 자전거에서 내린 다음 자전거를 끌고 건너야 해!

주제 탐구

글에는 여러 가지 정보가 담겨 있습니다. 그 가운데는 내가 이미 알고 있는 것도 있고, 몰랐던 내용도 있습니다. 따라서 글을 읽을 때는 내가 알고 있는 점은 무엇인지 새롭게 알게 된 점이 무엇인지 찾으며 읽어야 합니다.

유형 1 글의 세부 정보 찾기

1 펭귄에 대한 설명으로 알맞지 <u>않은</u> 것은 무엇입니까? (   )

바슬즐

글에서 설명하는 대상에 대해 알려 주는 내용을 정확히 알고 있는지 파악하는 문제입니다.

촘촘하게 틈이나 간격이 매우 좁거나 작게.
잠수 물속으로 잠겨 들어감. 또는 그런 일.

펭귄은 바닷새예요. 온몸에 짧은 깃털이 촘촘하게 나 있고, 발바닥이 두껍지요. 그래서 추위를 잘 견딜 수 있어요.

펭귄은 날개가 있지만 하늘을 날지는 못해요. 대신 편평한 날개를 이용해 빠르게 헤엄을 쳐요. 하늘을 날아다니는 새와 달리 뼈가 무거워 잠수도 잘할 수 있어요.

① 바닷새이다.   ② 헤엄을 칠 수 있다.
③ 발바닥이 두껍다.   ④ 하늘을 빠르게 난다.
⑤ 몸에 짧은 깃털이 나 있다.

유형 2 글에서 새롭게 알게 된 점 파악하기

2 이 글에서 새롭게 알게 된 점을 알맞게 말한 것에 ○표 하세요.

바슬즐

설명하는 글에서 중심 내용 즉 중요한 정보를 파악하여 새롭게 알게 된 점을 찾습니다.

코스 어떤 목적에 따라 정하여진 길.

마라톤은 여러 사람이 긴 거리를 달려 서로 빠르기를 겨루는 경기예요. 마라톤은 운동 경기인 만큼 지켜야 할 몇 가지 규칙이 있어요. 우선 정해진 길로만 달려야 해요. 코스를 벗어나 마음대로 달리면 안 되지요.

또 다른 사람의 도움 없이 끝까지 자신의 힘으로만 달려야 해요. 그래서 중간에 물이 놓인 곳에서 물을 마실 수 있지만, 이것 역시 자기 손으로 집어서 마셔야 한답니다.

(1) 마라톤이 언제 시작되었는지 알 수 있어.   (   )

(2) 마라톤이 무엇이고 어떤 규칙이 있는지 알게 되었어. (   )

(3) 마라톤을 잘하려면 어떻게 해야 하는지 새롭게 알게 되었어.

(   )

3 이 글의 내용을 간추릴 때 빈칸에 들어갈 말을 쓰세요.

바슬즐

유형 3 새롭게 알게 된 점 정리하기

글에서 설명하는 내용을 중요한 정보를 중심으로 분류하고 정리하는 문제입니다.

은은한 냄새가 진하지 않고 그윽한.
윤기 반질반질하고 매끄러운 기운.
샅바 씨름에서 허리와 다리에 둘러 묶어서 손잡이로 쓰는 천.

음력 5월 5일을 단오라고 해요. 우리 조상들은 단오를 큰 명절로 여겼어요. 여러 가지 일을 하면서 단옷날을 즐겁게 보냈지요.

단오가 되면 '창포'를 삶아서 그 물에 머리를 감았어요. 창포는 좋은 냄새가 나는 풀이라서 창포물에 머리를 감으면 머리에서 은은한 향이 났지요. 또 머리카락에 윤기도 돌았어요.

단옷날에는 '수리취떡'을 만들어 먹기도 했어요. 수리취떡은 쌀가루에 '수리취'라는 산나물의 잎을 넣고 만든 떡이에요. 우리 조상들은 수리취떡을 먹으면 건강해지고 좋은 일이 생긴다고 믿었어요.

단오에는 '그네뛰기'와 '씨름' 같은 다양한 놀이도 즐겼어요. 늘 집 안에서 생활하던 여자들도 이날은 밖에서 그네를 뛰며 재미나게 보냈어요. 남자들은 모여서 씨름을 즐겼지요. 씨름은 상대의 샅바를 잡고 힘을 겨뤄 승부를 가리는 운동이에요.

(1) 단오의 뜻	음력 (　　　)월 (　　　)일로, 큰 명절이었다.
(2) 단오에 하는 일	• 창포물에 머리를 감았다. • (　　　　　　)을/를 만들어 먹었다. • 여자들은 그네뛰기를, 남자들은 (　　　　　)을/를 즐겼다.

●글의 종류 설명하는 글(설명문)

●글의 특징 이 글은 게르, 수상 가옥, 이글루 등 세계의 다양한 집에 대해 설명한 글입니다.

●중심 내용
1문단 세계에는 다양하고 신기한 집이 많음.
2문단 몽골은 쉽게 만들고 허물 수 있는 '게르'를 지음.
3문단 날씨가 무더운 곳에서는 '수상 가옥'을 지음.
4문단 북극에 사는 이누이트는 눈과 얼음으로 '이글루'를 지음.
5문단 사람들은 주변에서 구하기 쉬운 재료로 자연과 더불어 사는 집을 지음.

●낱말 풀이
허물 지어져 있는 것을 무너뜨릴.
이누이트 북극, 캐나다, 그린란드 및 시베리아의 북극 지방에 사는 사람들. 주로 사냥과 물고기 잡는 일을 함.

지문
★
★
☆

낱말
★
★
☆

사람들은 자신이 살아가기에 알맞은 집을 지어요. 그래서 세계에는 다양하고 신기한 집이 많아요. 어떤 집들이 있는지 함께 알아볼까요?

몽골에는 '게르'라는 집이 있어요. 게르는 나무를 뼈대로 세운 다음, 그 위에 동물의 털로 짠 천을 덮은 집이에요. 몽골 사람들은 이곳저곳을 떠돌며 가축을 키우고 살아요. 그래서 쉽게 만들고 허물 수 있는 집을 지은 거예요.

날씨가 ㉠무더운 곳에 사는 사람들은 물 위에 나무로 집을 지어요. 이런 집을 '수상 가옥'이라고 해요. 무더운 곳에는 벌레가 많아요. 그런데 물 위에 집을 지으면 벌레가 들어오는 것을 막고 무더위도 피할 수 있지요.

추운 북극에 사는 이누이트는 눈과 얼음으로 '이글루'라는 집을 지어요. 이글루는 사냥을 나갔을 때 잠시 머무르는 집이에요. 얼음과 눈덩이를 잘라 만들었지만, 찬 바람을 막아 주어 추위를 피할 수 있지요.

이 밖에도 세계에는 흥미로운 집들이 많아요. 흙으로 지은 집, 통나무로 지은 집, 돌로 지은 집도 있지요. 사람들은 주변에서 구하기 쉬운 재료를 이용해서 자연과 더불어 살기에 편리한 집을 짓는답니다.

1 이 글에서 설명하는 것은 무엇인지 빈칸에 알맞은 낱말을 쓰세요.

_{이해}

• 세계의 다양한 ☐

3주 4일
학습 끝!

붙임 딱지 붙여요.

2 이 글에서 설명한 내용으로 알맞은 것은 무엇입니까? (　　　)

_{이해}

① 몽골에서는 '게르'라는 집을 짓는다.
② 이누이트 사람들은 가축을 키우며 산다.
③ 이글루는 벌레를 막으려고 지은 집이다.
④ 수상 가옥은 얼음과 눈덩이로 지은 집이다.
⑤ 사람들은 구하기 어려운 재료로 집을 짓는다.

3 ㉠과 반대되는 뜻을 보기 에서 찾아 쓰세요.

_{어휘}

> **보기**
>
> 무서운　　추운　　가지런한　　쉬운

(　　　　　　)

4 이 글에서 설명한 집의 이름과 그림을 선으로 이으세요.

_{추론}

(1) 게르	(2) 이글루	(3) 수상 가옥
•	•	•
•	•	•

15

3주

글에 알맞은 제목 붙이기

★ 이 글을 읽고 중요한 내용이 적힌 같은 색깔의 축구공을 선으로 이으세요. 그리고 이 축구공들을 골대 안의 제목과 연결해 보세요.

기쁨

안타까움

시합에서
졌음.

친구들과 학교 운동장에서 축구를 했어요. 2대 1로 우리 팀이 지고 있었지요. 시간이 얼마 남지 않아서 나는 가슴이 조마조마했어요. 그러다 갑자기 좋은 기회가 생겼어요. 상대 팀이 잘못 차는 바람에 공이 나한테 온 거예요. 나는 잽싸게 공을 몰고 골대로 달려가 슛을 했어요. 하지만 공은 안타깝게 골대를 빗나갔고 시합도 끝나 버렸어요. 그것만 넣었더라면 지지 않았을 텐데. 진짜 아쉽고 속상했어요.

농구

아쉬움

시합에서
이겼음.

속상함.

아쉬운 축구 시합

골을
넣은 일

안타깝게
빗나간 골

빗나간
골

시합에서 져서
속상한 날

축구

주제 탐구

　제목은 글쓴이의 생각이나 느낌을 잘 드러내고 내용과도 잘 어울려야 합니다. 따라서 제목을 붙일 때는 글에 나타난 중요한 말이나 내용을 살펴 글쓴이의 생각이나 느낌을 잘 드러낼 수 있는 것을 고릅니다.

유형 1 설명문의 제목 붙이기

설명하는 글을 읽고 무엇에 대해 설명하고 있는지 설명하는 내용을 파악해 알맞은 제목을 붙입니다.

병균 병의 원인이 되는 균.

1 이 글의 제목으로 알맞은 것은 무엇입니까? (   )

바슬즐

> 에취에취! 콜록콜록! 재채기와 기침은 왜 나는 걸까요? 우리 주위에는 많은 병균이 떠돌고 있어요. 크기가 아주 작아서 눈에 보이지 않을 뿐이지요. 이 병균들이 몸 안으로 들어오면 병을 일으키게 돼요. 그래서 우리 몸은 몸 안으로 들어온 병균을 내쫓으려고 기침과 재채기를 해요. 콧속으로 병균이 들어오면 '에취!' 재채기를 해서 내보내고, 목 안으로 병균이 들어오면 '콜록!' 기침을 해서 병균을 바깥으로 내보내지요.

① 병에 걸리는 이유　　　　② 코와 목의 생김새

③ 에취에취! 콜록콜록!　　　④ 우리 주위를 떠도는 병균

⑤ 재채기와 기침이 나는 까닭

유형 2 생활문의 제목 붙이기

글쓴이가 겪은 일과 겪은 일에 대한 생각과 느낌이 잘 드러나도록 제목을 붙이는 문제입니다.

척척 일이 거침없이 아주 잘되어 가는 모양.

2 이 글의 제목으로 알맞지 않은 것에 ○표 하세요.

국어

> 혜연이와 놀이터에서 줄넘기를 했어요. 그런데 한참 줄넘기만 하다 보니 슬슬 지루해졌지요. 그래서 우리는 새로운 줄넘기를 해 보기로 했어요. 바로 둘이 함께하는 줄넘기였지요.
> 우리는 마주 보고 서서 한 사람이 줄을 돌렸어요. 처음에는 줄을 돌리자마자 걸리고 말았지요. 하지만 몇 번을 하니까 손발이 척척 맞았어요. 나중에는 열 번까지 넘었지요. 우리는 신나고 재미있어서 손바닥을 '짝!' 하고 마주 쳤어요.

(1) 손바닥을 짝!　　　　　　　　　　　　　　（　　　）

(2) 줄넘기는 지루해!　　　　　　　　　　　　（　　　）

(3) 마주 보고 하는 재미난 줄넘기!　　　　　　（　　　）

3 다음은 ㉠에 들어갈 제목이에요. 빈칸에 알맞은 낱말을 쓰세요.

바슬즐

유형 **3** 의견이 드러난 글의 제목 붙이기

글쓴이의 의견이 드러나는 글을 읽고 글쓴이의 생각이 담긴 제목을 정합니다.

상가 이익을 얻으려고 물건을 사서 파는 집.

> ┌─────────────────────┐
> │   ㉠   │
> └─────────────────────┘

우리는 높은 건물을 오르내릴 때 엘리베이터를 이용합니다. 아파트, 대형 마트, 백화점, 상가 같은 곳에는 대부분 여러 사람이 함께 이용하는 엘리베이터가 있습니다.

그런데 이 엘리베이터에서 장난을 치는 친구들을 자주 봅니다. 엘리베이터의 버튼을 모두 눌러서 층마다 서게 하는 친구가 있는가 하면, 문이 닫히고 있는데도 닫힘 버튼을 마구 눌러대는 친구도 있습니다. 어떤 친구는 엘리베이터 안에서 발을 구르며 쿵쿵 뛰기도 합니다. 엘리베이터의 문에 기대어 서는 친구도 많습니다.

하지만 이런 행동을 해서는 안 됩니다. 엘리베이터를 이용하는 다른 사람이 불편을 겪기 때문입니다. 무엇보다 엘리베이터가 고장 나서 큰 사고를 불러올 수도 있습니다. 모두가 안전하고 편리하게 엘리베이터를 이용할 수 있도록 엘리베이터에서 함부로 장난을 치지 맙시다.

• 엘리베이터에서 ☐☐ 을/를 치지 맙시다

지문 ★ ★ ☆

낱말 ★ ★ ☆

●글의 종류 생활문

●글의 특징 도서관에서 친구를 만나 인사를 한 일에 대해 쓴 생활문입니다.

●낱말 풀이
기웃거리는데 무엇을 보려고 고개나 몸을 이쪽저쪽으로 자꾸 기울이는데.
눈인사 눈짓으로 가볍게 하는 인사.

점심을 먹고 집 앞 도서관으로 향했습니다.

'무슨 책을 빌려 볼까?'

재미난 책을 찾아 기웃거리는데 같은 반 친구 민주가 보였습니다.

"야! 김민주!"

나는 반갑게 이름을 부르며 큰 소리로 인사를 했습니다. 그런데 민주가 주위를 두리번거리더니, 고개만 끄덕끄덕했습니다. ㉠나는 좀 서운한 마음이 들었습니다. 그래서 집에 돌아와 엄마께 그 이야기를 해 드렸습니다.

그러자 엄마께서 말씀하셨습니다.

"석태야, 도서관처럼 조용히 해야 하는 곳에서는 큰 소리로 인사하면 안 돼. 간단히 눈인사만 주고받거나 밖으로 나와서 인사해야 한단다."

엄마 말씀을 듣고, 왜 민주가 고개만 끄덕였는지 알 수 있었습니다. 그동안 나는 아는 사람을 만나면 무조건 소리 내어 인사해야 한다고 생각했습니다. 하지만 나도 앞으로는 장소에 알맞게 인사를 해야겠다고 마음먹었습니다.

1 석태가 겪은 일은 무엇입니까? (   )

이해

① 친구와 축구를 한 일　　　　② 도서관에서 엄마를 만난 일

③ 친구에게 책을 선물받은 일　④ 도서관에서 친구와 인사한 일

⑤ 친구와 도서관에서 책을 읽은 일

3주 5일
학습 끝!

붙임 딱지 붙여요.

2 다음 중 빈칸에 들어갈 제목의 기호를 쓰세요. (   )

이해

> ㉮ 서운한 마음　　　　　㉯ 같은 반 친구 민주
>
> ㉰ 인사는 장소에 알맞게　㉱ 인사는 큰 소리로 반갑게

3 ㉠에서 석태가 서운한 마음이 든 까닭에 ○표 하세요.

추론

(1) 민주가 자신을 모른 척해서　　　　　　　　　　(   )

(2) 민주가 반갑게 인사해 주지 않아서　　　　　　　(   )

(3) 도서관에서 재미있는 책을 찾지 못해서　　　　　(   )

4 다음 중 간단히 눈인사만 해야 할 때는 언제입니까? (   )

문제해결

① 집 앞에서 친구를 만났을 때

② 이웃집 아주머니가 집에 놀러 오셨을 때

③ 오랜만에 할아버지 댁에 가서 인사드릴 때

④ 친구네 집에 놀러 가서 어른들께 인사드릴 때

⑤ 피아노 연주회에서 연주를 듣다가 친구를 보았을 때

동물에 빗댄 속담 알기

3주

 '호랑이에게 물려 가도 정신만 차리면 산다'는 '위험한 일을 당해도 정신을 차리면 위기에서 벗어날 수 있다.'는 뜻의 속담이에요. 갑자기 위험한 일을 당하면 당황하기 쉬워요. 하지만 그럴 때일수록 침착하게 행동하면 문제를 해결할 수 있어요.

동물에 빗댄 속담

- 쇠귀에 경 읽기 아무리 가르치고 일러 주어도 알아듣지 못함을 이르는 말이에요.
- 우물 안 개구리 넓은 세상의 형편을 알지 못하는 사람을 빗대어 이르는 말이에요.
- 소 잃고 외양간 고친다 소를 도둑맞은 다음 빈 외양간의 허물어진 데를 고치느라 수선을 떤다는 뜻이에요. 그래서 일이 이미 잘못된 뒤에는 손을 써도 소용이 없다는 것을 나타내요.
- 고래 싸움에 새우 등 터진다 힘센 사람끼리 싸우는 통에 아무 상관도 없는 약한 사람이 중간에 끼어 피해를 입게 된다는 뜻이에요.

1 다음 장면에 알맞은 속담을 [보기]에서 찾아 쓰세요.

> **보기**
> - 우물 안 개구리
> - 쇠귀에 경 읽기
> - 소 잃고 외양간 고친다
> - 호랑이에게 물려 가도 정신만 차리면 산다

(   )

2 빈칸에 알맞은 동물 이름을 넣어 속담을 완성해 보세요.

- '힘센 사람이 싸우는 통에 아무 관계없는 약한 사람이 피해를 입게 된다.'

는 뜻의 속담은 '□□ 싸움에 □□ 등 터진다.'입니다.

이번 주 나의 독해력은?	이번 주 학습을 모두 끝마쳤나요?	☺ ☺ ☹
	누가 무엇을 했는지 이야기에서 일어난 일을 알 수 있나요?	☺ ☺ ☹
	글을 읽고 새롭게 알게 된 점을 찾을 수 있나요?	☺ ☺ ☹

정답 1. 우물 안 개구리 2. 고래, 새우

PART3

문제해결 독해

글에서 감동적인 부분을 찾아 글쓴이의 마음에 공감하고
글을 읽고 난 감동을 표현하며 읽어요.
또, 여러 글에 나타난 다양한 문제 상황과 해결 방법을
나의 생활에 적용하며 창의적으로 읽는 방법을 배워요.

contents

★16일 이야기를 읽고 느낌 표현하기 _112쪽

★17일 등장인물의 모습 상상하기 _118쪽

★18일 시에 대한 생각이나 느낌을 문장으로
표현하기 _124쪽

★19일 글쓴이와 나의 겪은 일 비교하기 _130쪽

★20일 흉내 내는 노랫말 바꾸기 _136쪽

이야기를 읽고 느낌 표현하기

★ 둘 중 이야기에 대한 생각과 느낌을 알맞게 말한 친구를 찾아 ○표 하세요.

옛날에 심술궂은 사또가 살았어요. 어느 추운 겨울날, 사또는 이방에게 산딸기를 구해 오라고 했지요.

이야기를 들은 이방의 아들은 말했어요.
"걱정 마세요, 아버지. 제게 좋은 수가 있어요."

다음 날 이방의 아들은 사또를 찾아갔어요.
"저희 아버지가 산딸기를 따려다가 뱀에 물리셨습니다."
"뭐? 한겨울에 뱀이 어디 있단 말이냐?"
"그럼 한겨울에 산딸기는 어디에 있습니까?"
아들의 말에 사또는 아무 말도 못했답니다.

주제 탐구

　이야기를 읽고 느낌을 표현하려면 먼저 재미있거나 기억에 남는 장면을 찾습니다. 이 장면에서 등장인물이 했던 말이나 행동을 떠올려 보고 그때 들었던 생각을 글이나 그림, 표정, 몸짓 등 다양한 방법으로 표현합니다. 또, 자신이 주인공이라면 어떻게 할지 생각한 내용도 함께 표현합니다.

1 **이 글을 읽은 후의 생각이나 느낌으로 알맞은 것에 ○표 하세요.**

국어

> 당나귀가 풀을 뜯어 먹다가 자기에게 다가오는 늑대를 보았어요. 당나귀는 다리를 절면서 늑대에게 말했어요.
> "아이고, 아파라. 늑대님, 제 발에 박힌 가시 좀 빼 주세요."
> "어차피 내가 잡아먹을 건데 가시를 빼 달라고?"
> "이대로 절 삼키면 늑대님 목에 가시가 걸리잖아요."
> 늑대는 당나귀의 말이 옳다고 생각했어요. 가시를 빼 주려고 당나귀의 발쪽으로 몸을 숙였지요. 순간 당나귀는 늑대를 발로 차고 달아났답니다.

(1) 꾀를 내어 늑대를 물리친 당나귀가 지혜롭다.　　　　(　　　)

(2) 가시가 박혔다고 거짓말을 한 당나귀가 나쁘다.　　　(　　　)

(3) 가시를 빼 주겠다고 말한 늑대는 마음씨가 곱다.　　　(　　　)

2 **이 글을 읽은 후의 느낌을 표정으로 알맞게 표현한 친구에 ○표 하세요.**

국어

> 농부는 밭에서 나온 항아리를 가지고 집으로 돌아왔어요. 그런데 항아리를 내려놓다 깜짝 놀랐지요. 분명 항아리 속에 괭이를 한 개 넣어 왔는데 지금 보니 두 개가 들어 있거든요.
> 농부는 이상해서 다른 물건을 넣어 보았어요. 그런데 이게 웬일이에요? 항아리에 넣기만 하면 뭐든 두 개가 나와요. 돈을 한 닢 넣으면 두 닢, 옷을 한 벌 넣으면 두 벌이 나왔어요.

(1)　　　　　　(2)　　　　　　(3)

3 이 글을 읽고 난 생각이나 느낌으로 알맞지 <u>않은</u> 것은 무엇입니까? (　　　)

유형 **3** 인물의 입장에서 생각과 느낌 표현하기

인물의 입장에서 생각이나 느낌을 표현한 것 중에서 사건과 관련 없는 생각이나 느낌을 찾습니다.

토끼가 길을 가다 엉금엉금 기어가는 거북이에게 말했어요.
"애, 느림보야! 어딜 그렇게 가니?"
"날더러 느림보라고? 그건 겨뤄 봐야 알지. 누가 더 빠른지 내기할래?"
거북이의 말에 토끼는 코웃음을 쳤어요.
"흥, 좋지. 당연히 내가 이길 테니까!"
그렇게 토끼와 거북이는 달리기 시합에 나섰어요. 산꼭대기에 있는 나무에 먼저 도착하는 쪽이 이기는 것으로 했지요.
시합이 시작되자 토끼는 빠르게 앞서갔어요. 한참을 가던 토끼는 잠시 쉬어 가기로 했지요. 풀숲에 벌렁 드러누운 토끼는 곧 잠이 들었어요. 그사이 거북이는 쉬지 않고 산꼭대기로 기어 갔지요.
얼마 뒤, 잠에서 깬 토끼는 앞서가는 거북이를 보고 놀랐어요. 토끼가 헐레벌떡 쫓아갔지만 거북이는 이미 나무에 도착한 뒤였답니다.

① 내가 만약 토끼라면 별명을 부르며 놀리지 않았을 거야.
② 내가 토끼였다면 낮잠을 자지 않고 거북이를 이겼을 거야.
③ 내가 토끼였다면 거북이를 따라잡으려고 뛰지 않았을 거야.
④ 내가 거북이였다면 토끼를 깨워서 함께 가자고 말했을 거야.
⑤ 내가 거북이였다면 토끼를 데리고 용궁으로 가서 용왕님의 병을 고쳤을 거야.

●글의 종류 이야기(동화)

●글의 특징 이 글은 넘어지면 삼 년밖에 못 산다는 삼년 고개에서 한 영감님이 넘어진 일을 이웃집 아이가 꾀를 내어 해결하는 내용을 담은 이야기입니다.

●낱말 풀이
고개 산이나 언덕을 넘어 다니도록 길이 나 있는 비탈진 곳을 이름.
수 일을 처리하는 방법이나 재주, 솜씨.
번쩍했어요 마음이 몹시 끌려 귀가 갑자기 뜨였어요.

지문 ★ ☆ ☆

낱말 ★ ☆ ☆

옛날 어느 마을에 삼년 고개가 있었어요. 이 고개에서 한번 넘어지면 삼 년밖에 살지 못한다고 해서 삼년 고개라고 불렸지요. 사람들은 고개를 넘을 때마다 조심조심 넘곤 했어요.

그런데 어느 날, 한 영감님이 이 고개를 넘어 집에 오다가 넘어지고 말았어요.

"아이고, 난 이제 삼 년밖에 못 살겠구나."

집으로 돌아온 영감님은 끙끙 앓아누웠어요. 가족들도 걱정이 이만저만이 아니었지요. 그렇게 영감님이 며칠째 누워 있는데 이웃에 사는 아이가 찾아왔어요.

"할아버지, 좋은 수가 있어요. 삼년 고개에 가서 또 넘어지는 거예요. 한 번 넘어지면 삼 년을 사니, 열 번 넘어지면 삼십 년을 더 살잖아요?"

영감님은 귀가 번쩍했어요. 당장 자리를 털고 일어나 삼년 고개로 달려가 넘어지고 또 넘어졌지요. 영감님은 허허 웃으며 외쳤어요.

"이제는 오래오래 살겠구나!"

데굴데굴

116

1 이 글 속의 고개가 '삼년 고개'라고 불리는 까닭은 무엇입니까?

(　　)

① 삼 년 전에 생긴 고개여서
② 고개를 넘을 때 삼 년이 걸려서
③ 한번 넘어지면 삼 년밖에 살지 못한다고 해서
④ 한번 넘어지면 삼 년 동안 다리가 아프다고 해서
⑤ 고개를 넘으면 삼 년 동안 좋은 일이 생긴다고 해서

4주 1일
학습 끝!

붙임 딱지 붙여요.

2 이웃집 아이가 영감님께 알려 준 방법은 무엇인지 빈칸에 알맞은 낱말을 쓰세요.

• 삼년 고개에 가서 여러 번 ☐☐☐☐ 것입니다.

3 ㉮~㉳ 중 이야기에서 가장 먼저 일어난 일의 기호를 쓰세요. (　　)

> ㉮ 영감님이 앓아누웠다.
> ㉯ 영감님이 삼년 고개에서 넘어졌다.
> ㉰ 이웃에 사는 아이가 영감님을 찾아왔다.
> ㉱ 영감님이 삼년 고개에 가서 일부러 넘어졌다.

4 이 이야기에 대한 생각이나 느낌으로 알맞지 <u>않은</u> 것에 ○표 하세요.

(1) 집에 돌아온 영감님이 끙끙 앓아누웠을 때 안타까웠어.

(2) 영감님께 다시 삼년 고개에서 구르라고 한 이웃집 아이는 나빠!

(3) 다시 삼년 고개에서 구르는 꾀를 낸 이웃집 아이는 슬기로워!

등장인물의 모습 상상하기

★ 이 글을 읽고 착한 마녀와 나쁜 마녀의 모습을 상상해 보세요. 그리고 글에 나타난 두 마녀의 그림을 색칠하여 완성하세요.

　착한 마녀는 곱슬곱슬하고 짧은 머리칼을 갖고 있어요. 늘 초록색 드레스를 입고 갈색 구두를 신지요. 또 끝에 방울이 달린 기다란 갈색 모자를 쓰고, 별 모양이 그려진 노란색 요술봉을 쥐고 다닌답니다.

나쁜 마녀는 길고 치렁치렁한 머리칼을 갖고 있어요. 늘 갈색 원피스를 입고 노란색 구두를 신지요. 또 끝에 별이 달린 기다란 초록색 모자를 쓰고, 커다란 갈색 빗자루를 들고 다닌답니다.

주제 탐구

등장인물의 모습을 상상하면 이야기를 더욱 실감나고 재미있게 읽을 수 있습니다. 또 이야기의 내용도 더욱 잘 이해할 수 있답니다. 등장인물의 모습을 상상하려면 인물의 생김새, 행동을 표현한 부분을 찾거나 이야기 속 장면을 머릿속에 떠올립니다.

1 다음 중 설문대 할망의 모습을 상상한 것에 ○표 하세요.

국어

> 지금으로부터 멀고 먼 옛날에 설문대 할망이 살았어요. 설문대 할망은 몸집이 어마어마하게 컸지요. 깊고 깊은 바닷물도 겨우 무릎 정도밖에 오지 않았어요.
> 어느 날, 설문대 할망은 편히 앉아 쉴 만한 곳을 만들기로 했어요. 치마폭에 흙을 담아 온 다음 섬에 쌓아 올렸지요. 이렇게 만들어진 것이 제주도의 '한라산'이에요.

(1)

(2)

(3)

2 이 글에서 상상할 수 <u>없는</u> 당나귀의 모습은 무엇입니까? (   )

국어

> 어떤 사람이 강아지와 당나귀를 기르고 있었어요. 당나귀는 강아지가 부러웠지요. 자신은 무거운 짐을 나르는데, 주인은 아무 일도 안 하는 강아지만 예뻐했으니까요.
> "그래! 강아지처럼 재롱을 떨자. 꼬리를 흔들고 손도 핥고."
> 다음 날 주인이 집으로 돌아오자 당나귀는 주인에게 껑충 뛰어올랐어요. 꼬리를 흔들고 얼굴도 핥았지요. 그러자 주인은 놀라며 화를 버럭 냈어요.

① 당나귀가 개를 부러워하는 모습
② 주인이 당나귀를 예뻐하는 모습
③ 당나귀가 주인의 얼굴을 핥는 모습
④ 당나귀가 주인에게 꼬리를 흔드는 모습
⑤ 당나귀가 주인에게 껑충 뛰어오르는 모습

3 이 글에서 달라진 까마귀의 모습으로 알맞은 그림을 골라 ◯표
하세요.

유형 이야기 속 인물의 바뀐
3 모습 상상하기
이야기에서 사건이나 시간
의 흐름에 따라 바뀐 인물
의 모습을 상상하는 문제
입니다.

단장했어요 얼굴이나 머
리, 옷차림 따위를 곱게 꾸
몄어요.

가장 아름다운 새를 왕으로 뽑겠다는 말에, 새들은 열심히
몸을 단장했어요. 날마다 연못에 가서 목욕을 하고 부리로 깃
털을 다듬었지요. 온몸이 새카만 까마귀는 다른 새들을 보며
부러워했어요.

'나도 저렇게 화려한 깃털이 있다면 얼마나 좋을까?'

그러던 어느 날이었어요. 까마귀는 새들이 다녀간 연못가에
깃털들이 떨어져 있는 것을 보았지요. 까마귀는 깃털 하나를
주워 몸에 꽂아 봤어요.

"우아! 참 예쁘다. 어! 저 깃털도 곱네?"

까마귀는 다른 깃털들도 계속 꽂았어요. 그러다 우연히 연못
에 비친 자기 모습을 보았지요.

"우아, 내가 이렇게 예뻐졌다니!"

까마귀는 달라진 자기 모습에 깜짝 놀랐어요.

(1)

(2)

(3)

(4)

●글의 종류 이야기(동화)

●글의 특징 이 글은 요정을 구해 주고 얻은 세 가지 소원을 쓸데없는 소원을 비는 데 써 버린 이야기입니다.

●낱말 풀이
시큰둥하게 달갑지 아니하거나 못마땅하여 시들하게.
수북이 쌓이거나 담긴 물건 따위가 불룩하게 많이.

옛날 어느 마을에 할아버지와 할머니가 살고 있었어요.

"오늘도 게으름을 부릴 거예요? 어서 밖에 나가 일 좀 해요!"

할머니의 잔소리에 할아버지는 밖으로 나갔어요. 하지만 곧 쉴 곳을 찾아 드러누웠지요. 그때 어디선가 도와 달라는 소리가 들렸어요. 주위를 살펴보니 웅덩이에 빠진 요정의 목소리였어요. 할아버지가 요정을 구해 주자, 요정은 고맙다며 세 가지 소원을 들어주겠다고 했어요.

집에 온 할아버지는 요정의 말을 전했어요. 할머니는 시큰둥하게 말했지요.

"흥, 그 말이 사실이라면 난 소시지가 먹고 싶구려."

그러자 식탁에 소시지들이 수북이 쌓였어요. 할아버지는 쓸데없는 소원을 빌었다며 화를 냈어요. 할머니는 화가 나서 소리쳤지요.

"에잇, 이 소시지 영감 코에나 확 붙어 버려라!"

할머니의 말이 끝나자마자 소시지가 할아버지 코에 달라붙었어요. 할아버지가 코에 붙은 소시지를 아무리 떼려 해도 소용없었지요. 결국 할머니는 마지막 소원으로 할아버지 코에 붙은 소시지를 떼어 달라고 빌 수밖에 없었답니다.

샤를 페로, 「세 가지 소원」

1 이 글에 나오는 인물을 <u>모두</u> 고르세요. (   )

이해

① 선녀   ② 요정   ③ 거인
④ 할머니   ⑤ 할아버지

2 이 글의 내용으로 맞으면 ○표, 틀리면 ╳표 하세요.

이해

(1) 할아버지가 웅덩이에 빠진 요정을 구해 주었다.   (   )

(2) 요정은 할아버지에게 세 가지 소원을 들어주겠다고 했다.   (   )

(3) 할머니는 마지막 소원으로 커다란 집을 갖고 싶다고 하였다. (   )

(4) 할머니는 첫 번째 소원으로 세상에서 제일 큰 소시지가 갖고 싶다고
   빌었다.   (   )

3 이 글을 읽고 상상한 할아버지의 모습으로 알맞지 <u>않은</u> 것에 ○표 하세요.

추론

4 다음 중 할머니께 하고 싶은 말로 알맞은 것의 기호를 쓰세요. (   )

비판

㉮ 소원을 빌 때는 잘 생각해서 해야 해요.

㉯ 맛있는 소시지를 많이 먹을 수 있어 부러워요.

㉰ 할아버지 코에 소시지를 붙인 소원은 재미있어요.

시에 대한 생각이나 느낌을 문장으로 표현하기

★ 이 시에 대한 느낌으로 알맞은 풍선을 <u>모두</u> 찾아 친구의 손에 풍선 줄을 그려 보세요.

달팽이

김종상

학교 가는 길가에
달팽이 한 마리

기다란 목을 빼고
느릿느릿 걸어간다.

어디로 가는 걸까
조그만 집을 업고.

달팽이가
꼼짝도 하지 않고
가만히 있는 모습이
떠올랐어.

달팽이가
어디로 가는지
궁금하게 느껴졌어.

달팽이가
조그만 집을 업고
간다고 표현한
부분이 재미있어.

조그만 달팽이가
기어가는 모습이
떠올라서
귀여웠어.

친구와 손잡고
학교에 걸어갔던
일이 떠올랐어.

길가에
달팽이가 있다니
말도 안 돼.

주제 탐구

시를 읽고 나서 든 생각이나 느낌을 문장으로 정리하면 시의 내용을 잘 이해할 수 있습니다. 시에서 무엇을 표현하고 있는지, 시 속의 재미있는 표현이나 인상 깊은 장면을 떠올려 보고 그때 들었던 생각이나 느낌을 솔직하게 문장으로 표현합니다.

유형 1 시를 읽은 느낌 찾기

시를 읽으면서 시의 내용을 살펴보고 이에 대한 느낌으로 알맞은 것을 찾습니다.

1 시를 읽고 난 생각이나 느낌을 알맞게 말한 것에 ○표 하세요.

국어

몰래 숨어 눈 똥

권영상

강아지가
눈사람 뒤에
몰래 숨어 눈 똥.

어쩌나!
반짝, 해가 났다.

강아지 똥은
지금 얼마나
가슴이 뛸까.

---

(1) 재미있고 조마조마해!

(2)  놀랍고 신기해!

(3)  속상하고 안타까워!

유형 2 시의 내용과 표현을 보고 느낀 점을 표현한 문장 찾기

시에서 인물이 한 말과 떠오르는 장면을 생각해 느낀 점으로 알맞은 것을 찾습니다.

2 이 시를 읽고 느낀 점으로 알맞지 <u>않은</u> 것에 ○표 하세요.

국어

붕어야

박정식

붕어야, 이젠
걸어다녀도
발
안 다칠 거야.

다연이가, 어제
병 조각
다섯 개나 냇물 속에서
주워 냈거든.

---

(1) 붕어를 생각하는 글쓴이의 따뜻한 마음이 느껴졌다. (   )

(2) 아이들이 바닷가에서 시원하게 노는 모습이 떠올랐다. (   )

(3) 붕어가 냇물 속을 걸어다닌다는 표현이 기억에 남는다. (   )

3 보기에 있는 말을 한 가지 이상 써서 시를 읽고 느낀 점을 간단
국어 히 쓰세요.

유형 **3** 시를 읽고 느낀 점 표
현하기

시의 내용을 파악하여 시
를 읽고 느낀 점을 직접
문장으로 표현하는 문제입
니다.

알으켜 '가르쳐'의 방언.

귀뚜라미와 나와

윤동주

귀뚜라미와 나와
잔디밭에서 이야기했다.

귀뚤귀뚤
귀뚤귀뚤

아무에게도 알으켜 주지 말고
우리 둘만 알자고 약속했다.

귀뚤귀뚤
귀뚤귀뚤

귀뚜라미와 나와
달 밝은 밤에 이야기했다.

보기

사람, 이야기, 재미있습니다, 궁금합니다

●글의 종류 동시

●글의 특징 이 시는 아기와 염소가 친구처럼 함께 시간을 보내는 모습을 그린 동시입니다.

●중심 내용
1연 아기가 염소 앞으로 감.
2연 염소가 자신에게 다가오는 아기를 귀엽게 바라봄.
3연 염소가 턱 밑의 수염을 흔들며 놀아 주자 아기가 소리 내어 웃음.
4연 염소가 아기에게 뿔을 자랑함.
5연 아기가 염소의 뿔로 장난을 치면서 소리 내어 웃음.
6연 착한 염소와 아기가 서로 어울리게 됨.

지문 ★ ★ ☆

낱말 ★ ★ ☆

아기와 염소

엄기원

걸음마를 배우는 아기가
염소 앞에 갔습니다.

풀을 뜯던 염소가
아기를 보았습니다.
염소는 아기가 귀여운 모양입니다.

염소는
턱 밑의 긴 수염을
흔들어 보였습니다.
아기는 까르르 웃었습니다.

이번엔
도라지 같은
뿔을 자랑했습니다.

아기는 두 손으로
뿔을 잡아당겨 보고
또 까르르 웃었습니다.

염소는 아기처럼 착했습니다.
아기는 염소처럼 착했습니다.

1 이 시에 나오는 시 속 인물은 누구인지 빈칸에 알맞은 낱말을 쓰세요.

이해

- ☐☐ 와/과 ☐☐

4주 3일
학습 끝!

붙임 딱지 붙여요.

2 이 시의 내용으로 알맞지 <u>않은</u> 것은 무엇입니까? (   )

이해

① 아기가 먼저 염소에게 갔다.
② 염소는 풀을 뜯다 아기를 보았다.
③ 염소가 도라지 같은 뿔을 자랑했다.
④ 아기가 염소의 수염을 잡아당기며 놀았다.
⑤ 아기가 두 손으로 염소의 뿔을 잡아당기며 놀았다.

3 이 시에서 아기의 웃음소리를 표현한 낱말을 찾아 쓰세요.

어휘

(   )

4 이 시에 대한 생각이나 느낌으로 알맞은 것에 ○표 하세요.

비판

(1) 염소가 아기를 귀찮아하는 모습이 안타깝게 느껴졌어.

(2) 아기와 염소가 함께 어울려 노는 모습이 아름답게 느껴졌어.

(3) 아기는 염소를 쫓아가고, 염소는 달아나는 모습이 떠올라 재미있어.

129

19 글쓴이와 나의 겪은 일 비교하기

★ 다음은 두 친구가 겪은 일을 그린 그림이에요. 두 그림을 비교해서 서로 다른 것에 <u>모두</u> ○표 하세요.

• 은지는 미술 시간에 찰흙으로 그릇을 만들고, 나는 찰흙으로 기린을 만들었어요.

• 건우는 놀이터에서 공놀이를 하고, 나는 놀이터에서 줄넘기를 했어요.

주제 탐구

　글쓴이와 자신이 겪은 일을 비교하면서 글을 읽으면 글쓴이가 겪은 일이나 그때의 마음을 더욱 쉽게 이해할 수 있습니다. 글쓴이가 어떤 일을 겪었는지 살펴보고 그와 비슷한 자신의 경험을 떠올려 비슷한 점과 다른 점을 정리해 봅니다.

유형 1 글쓴이가 겪은 일 알기

글에서 글쓴이가 겪은 일을 파악하는 문제입니다.

1 이 글에서 글쓴이가 겪은 일은 무엇입니까? (　　　)

국어

> 　엄마와 치과에 갔다. 의자에 앉아 '아' 하고 입을 벌리는데 가슴이 두근거렸다. 의사 선생님께서 내 이를 요리조리 살피더니 말씀하셨다.
> 　"어이쿠, 충치가 몇 개 있구나."
> 　나는 무서웠지만 꾹 참고 치료를 마쳤다. 의사 선생님께서 음식을 먹고 난 다음에는 바로 양치질을 해야 한다고 말씀하셨다. 귀찮아서 양치질을 안 했던 것을 후회했다.

① 엄마와 의자를 사러 간 일
② 치과에 가서 충치를 치료한 일
③ 초콜릿과 아이스크림을 사 먹은 일
④ 양치질을 하지 않아 엄마께 혼난 일
⑤ 병원에 다녀와서 손과 발을 꼼꼼하게 닦은 일

유형 2 글쓴이와 비슷한 경험 찾기

글에서 글쓴이의 겪은 일을 파악한 다음 이와 비슷한 겪은 일을 경험한 예를 찾습니다.

쏜살같이 쏜 화살과 같이 매우 빠르게.

2 글쓴이와 비슷한 일을 겪은 것에 ○표 하세요.

국어

> 　이어달리기 시합에서 내가 반 대표로 나가게 되었다. 경기가 시작되자 옆 반 선수가 쏜살같이 앞서나갔다. 그리고 옆 반과 우리 반의 차이는 점점 더 벌어졌다. 발을 구르며 지켜보다가 마지막 주자인 내 차례가 되었다.
> 　나는 이기고 싶어 있는 힘껏 달렸다.
> 　결국 나는 옆 반 선수를 따라잡고 결승점에 먼저 도착했다. "와아아!" 반 아이들은 깡충깡충 뛰며 기뻐했다.

(1) 옆 반하고 축구 시합을 할 때 목이 터져라 응원했어. (　　)

(2) 형이 운동회에서 이어달리기를 하는 모습을 보았어. (　　)

(3) 농구 시합에서 경기가 끝나기 전에 내가 골을 넣어 이겼어.

(　　)

3 글쓴이의 마음을 짐작한 것으로 알맞지 <u>않은</u> 것에 ○표 하세요.

바슬즐

유형 3 나의 경험과 비교하여 글쓴이의 마음 짐작하기

자신의 경험을 바탕으로 글쓴이가 겪은 일을 비교해 보고 글쓴이의 마음을 짐작하는 문제입니다.

세차게 모양이나 상태 따위가 힘 있고 억세게.
덩그러니 홀로 우뚝 드러난 모양.

오랜만에 가족끼리 공원에 놀러 갔다. 돗자리를 펴고 과자를 먹고 있는데 어떤 형이 다 먹은 음료수 캔을 의자에 놓고는 그냥 가 버렸다. 나는 너무하다는 생각이 들었다. 조금 떨어진 곳에 바로 쓰레기통이 있었기 때문이다.

"어휴, 쓰레기통이 코앞인데 너무하네."

"그러게. 저렇게 쓰레기를 아무 데나 버리면 안 되지."

엄마와 아빠의 말씀에 나는 세차게 고개를 끄덕였다.

돗자리를 걷고 다시 일어서는데 의자 위에 덩그러니 놓인 음료수 캔이 마음에 걸렸다. 나는 그 캔을 가져다 쓰레기통에 넣었다. 그러고 나니 마음이 한결 편해졌다. 엄마와 아빠도 잘했다며 칭찬해 주셨다. 사람들이 함부로 쓰레기를 버리지 않았으면 좋겠다.

(1) 길에서 쓰레기를 주우면 거리가 깨끗해진 기분이 들어. 글쓴이도 그런 기분이었을 거야. ( )

(2) 글쓴이는 부모님께 칭찬을 받아 기분이 좋았을 거야. 나도 선생님께 칭찬받으면 기분이 좋거든. ( )

(3) 글쓴이는 음료수를 마시지 못해 속상했을 거야. 음료수는 달고 시원한데, 어떤 형이 다 마셔 버렸거든. ( )

●글의 종류 생활문

●글의 특징 글쓴이인 '나'가 실수로 짝꿍 수진이의 그림을 망쳤지만, 수진이가 나의 실수를 너그럽게 용서해 준 일을 담은 생활문입니다.

●낱말 풀이
너그럽게 마음이 넓고 속이 깊게.

미술 시간이었다. 나는 무엇을 그릴까 고민하다 놀이공원에 다녀온 일을 그리기로 했다. 밑그림을 그리고 물감으로 쓱쓱 칠하고 나니 금세 그림이 완성됐다.

나는 가만히 앉아 있기가 슬슬 지루해졌다. 그래서 목을 쭉 빼고 다른 아이들의 그림을 살펴보았다. 그러다 실수를 저지르고 말았다. 뒤에 앉은 성우의 그림을 보려다 짝꿍 수진이의 물통을 건드려 물을 쏟은 것이다. 얼른 물통을 세웠지만 이미 수진이의 그림은 엉망이 되어 있었다.

ⓒ"괜찮아. 실수로 그런 건데 뭐."

얼굴이 빨개져서 어쩔 줄 몰라 하는데, 수진이가 먼저 이야기했다. 나는 화를 내기는커녕 오히려 괜찮다고 말해 준 수진이가 정말 고마웠다.

나는 쏟아진 물을 닦으며 생각했다. 다음부터는 이런 잘못을 하지 않도록 조심해야겠다고. 또 누가 실수를 하면 수진이처럼 너그럽게 이해해 주어야겠다고 말이다.

1 이 글의 내용으로 알맞지 <u>않은</u> 것은 무엇입니까? (   )

이해

① '나'는 그림을 금세 그렸다.

② '나'는 다른 아이들의 그림을 살펴보았다.

③ '나'는 짝꿍의 물통을 건드려 물을 쏟았다.

④ '내'가 물통을 쏟아 짝꿍의 그림이 엉망이 되었다.

⑤ '나' 때문에 그림이 엉망이 되어 짝꿍이 화를 냈다.

2 ㉠에 들어갈 제목으로 알맞은 것을 골라 기호를 쓰세요. (   )

이해

㉮ 성우의 그림   ㉯ 미술은 힘들어!

㉰ 짝꿍 수진이의 실수   ㉱ 미술 시간에 있었던 일

3 ㉡의 말을 들은 '나'의 마음으로 알맞은 것은 무엇입니까? (   )

추론

① 기쁜 마음   ② 슬픈 마음

③ 고마운 마음   ④ 귀찮은 마음

⑤ 안타까운 마음

4 글쓴이와 비슷한 일을 겪은 친구에 ○표 하세요.

문제해결

(1) 나도 미술 시간에 그림을 그린 적이 많아.

(2) 실수로 식당에서 물컵을 엎질렀는데 언니가 괜찮다고 닦아 주었어.

(3) 내가 좋아하던 아이와 짝꿍이 되어서 엄청 기뻤던 적이 있어.

20 흉내 내는 노랫말 바꾸기

4주

★ 흉내 내는 말이 적힌 점을 선으로 이어 그림을 완성하세요. 그리고 밑
줄 친 낱말과 바꾸어 쓸 수 있는 흉내 내는 말을 골라 ○표 하세요.

> 푸른 달과 흰 구름 <u>둥실</u> 떠가는
> 연못에서 사알살 떠다니겠지.

| 쿨쿨 | 풍덩 | 두둥실 | 오순도순 |

> 잠자거라 우리 아가 어여쁜 아가
> <u>쌔근쌔근</u> 엄마 품에 곱게 잠들어

| 아장아장 | 차곡차곡 | 팔랑팔랑 | 소록소록 |

주제 탐구

시에는 소리나 모양을 흉내 내는 말이 들어갈 때가 많습니다. 흉내 내는 말을 사용하면 똑같은 말도 더 재미있게 표현할 수 있고 내용도 더욱 실감나게 전달할 수 있기 때문입니다. 시에서 흉내 내는 말을 비슷한 뜻을 가진 다른 말로 바꾸어 보면 시를 재미있게 읽을 수 있습니다.

유형 1 흉내 내는 노랫말 찾기

시에서 소리나 모양을 흉내 내는 말을 찾습니다.

1 이 시에 나타난 흉내 내는 말을 두 가지 찾아 쓰세요.

국어

아기의 대답

박목월

신규야 부르면
코부터 발름발름
대답하지요.

신규야 부르면
눈부터 생글생글
대답하지요.

(   ), (   )

유형 2 노랫말에 어울리는 흉내 내는 말 찾기

노랫말을 바꿀 때 어울리는 흉내 내는 말을 파악하는 문제입니다.

우지 '울지'를 뜻하는 말.

2 ㉠을 [보기]처럼 바꿀 때 빈칸에 들어갈 흉내 내는 말은 무엇입니까? (   )

국어

자장가

자장 자장 우리 아기 자장 자장 우리 아기
㉠꼬꼬 닭아 우지 마라 우리 아기 잠을 깰라
멍멍 개야 짖지 마라 우리 아기 잠을 깰라
자장 자장 우리 아기 자장 자장 잘도 잔다

보기

▭ 소야 우지 마라 우리 아기 잠을 깰라

① 꿀꿀   ② 짹짹   ③ 음매

④ 야옹   ⑤ 어흥

3 ⊙과 바꾸어 쓸 수 있는 흉내 내는 말은 무엇입니까? (   )

유형 **3** 노랫말을 흉내 내는 말로 바꾸기

노랫말의 일부를 흉내 내는 말로 바꾸어 보는 문제입니다.

퐁당퐁당

윤석중

퐁당퐁당 돌을 던지자.
⊙누나 몰래 돌을 던지자.
냇물아 퍼져라, 멀리멀리 퍼져라.
건너편에 앉아서 나물을 씻는
우리 누나 손등을 간질여 주어라.

퐁당퐁당 돌을 던지자.
누나 몰래 돌을 던지자.
냇물아 퍼져라, 퍼질 대로 퍼져라.
고운 노래 한 마디 들려 달라고
우리 누나 손등을 간질여 주어라.

① 쌔근쌔근   ② 깜빡깜빡   ③ 살금살금
④ 주룩주룩   ⑤ 뭉게뭉게

● 글의 종류 동시(동요)

● 글의 특징 이 시는 '내'가 자전거를 탔던 일과 아버지가 자전거를 타고 오시는 모습을 담은 시입니다.

● 중심 내용
1연 지나가는 사람에게 조심하라고 자전거의 벨을 울림.
2연 아버지가 자전거를 타고 고개를 넘어 장에서 돌아오셨음.

● 낱말 풀이
어물어물하다가는 말이나 행동 따위를 시원스럽게 하지 못하고 꾸물꾸물하다가는.
장 많은 사람이 모여 여러 가지 물건을 사고파는 곳.
비탈길 비탈진 언덕의 길.

자전거

목일신

㉠따르릉따르릉 비켜나세요
자전거가 나갑니다 따르르르릉
저기 가는 저 사람 조심하세요
어물어물하다가는 큰일 납니다.

따르릉 따르릉 이 자전거는
울 아버지 장에 갔다 돌아오실 때
꼬부랑꼬부랑 고개를 넘어
비탈길로 스르르르 타고 온다오.

지문
★
☆
☆

낱말
★
★
☆

140

4주 5일
학습 끝!

붙임 딱지 붙여요.

1 이 시는 무엇을 보고 쓴 시인지 빈칸에 알맞은 낱말을 쓰세요.

이해

• '나'와 [ ][ ][ ] 이/가 자전거를 탔던 일

2 이 시에 쓰인 흉내 내는 말이 <u>아닌</u> 것은 무엇입니까? (   )

어휘

① 꼬부랑   ② 스르르르

③ 따르르르릉   ④ 비켜나세요

⑤ 따르릉따르릉

3 ㉠을 보기 처럼 바꿀 때 빈칸에 알맞은 말은 무엇입니까? (   )

어휘

보기

(   ) 비켜나세요. 자동차가 나갑니다 부르르르릉

① 칙칙폭폭   ② 펄럭펄럭   ③ 뛰뛰빵빵

④ 첨벙첨벙   ⑤ 울퉁불퉁

4 이 시에 대한 생각이나 느낌을 알맞게 말한 것의 기호를 쓰세요.

비판

㉮ 친구들과 바닷가에서 달리기하는 모습이 떠올랐어!
㉯ 나도 자전거를 타고 씽씽 달리고 싶다는 생각이 들었어.
㉰ 아기가 세발자전거를 사 달라고 조르는 모습이 떠올랐어.

(   )

141

독해 플러스

독서 습관 차근차근 다지기

4주

책을 읽을 때에는 어떤 책을 얼마나 읽을지 나에게 맞는 독서 계획을 세워야 해요. 일주일에 몇 번, 하루에 몇 쪽씩 읽을지 정해 놓는다면 꾸준히 책을 읽을 수 있겠지요? 책을 읽은 다음에는 제목이나 주인공의 이름, 책을 읽고 느낀 점 등을 간단히 정리해 두면 나중에 어떤 책을 읽었는지 기억하기 쉽답니다.

●쉬운 독서 계획 세우기

첫째, 일주일에 몇 권을 읽을지 독서 목표를 세워요.

둘째, 이야기와 과학, 우리말 등 읽고 싶은 책을 골라 일주일 동안의 독서 계획을 세워 보세요.

셋째, 독서 계획표에 날짜, 책 제목, 글쓴이, 읽을 쪽수를 써서 독서 계획 표를 만드세요. 확인란을 만들면 계획을 잘 지키고 있는지 한눈에 알 수 있답니다.

나의 독서 목표: 일주일에 2권, 매일 30분 읽기

날짜	책 제목	글쓴이	읽을 쪽수	나의 확인
월요일	우리 집에 온 노벨상	임숙영	4~36쪽	○
수요일	우리 집에 온 노벨상	임숙영	37~65쪽	X
금요일	책 만드는 여우	다니엘 나프	5~45쪽	○

●간단한 독서 기록 남기기

책을 읽은 다음에는 간단하게라도 기록을 남기는 것이 좋아요. 꼭 글로 쓰지 않더라도 책에 나왔던 재미있는 장면이나 주인공의 모습을 그림으로 표현해 보세요. 책을 읽고 난 생각과 느낌도 빠뜨리지 말고 꼭 적어 두세요. 나중에 독서 기록장만 봐도 그 책을 읽었을 때의 느낌을 오랫동안 기억할 수 있답니다.

무슨 책을 읽었나요?

이번 주 나의 독해력은?	이번 주 학습을 모두 끝마쳤나요?	☺ ☺ ☹
	시나 이야기를 읽고 느낀 점을 표현할 수 있나요?	☺ ☺ ☹
	글쓴이가 겪은 일을 나와 비교할 수 있나요?	☺ ☺ ☹

세 마리 **토**끼 잡는

초등 **독해력**

정답 및 풀이

쪽수를 잘 보고 정확한 정답과
자세한 풀이를 만나 보세요.

1주 12~13쪽 개념 톡톡

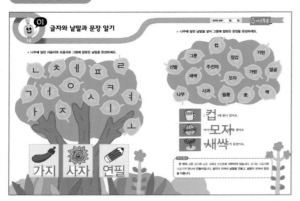

★ 나무에 달린 자음자와 모음자로 그림 속 채소, 동물, 물건의 이름을 만듭니다. 또 그림을 살펴보면서 빈칸에 들어갈 낱말을 짐작해 보고, 나무에서 알맞은 낱말을 찾아 씁니다.

1주 14~15쪽 독해력 활짝

1. (1) **차** (2) **우** (3) **지** 2. (1) ③ (2) ① (3) ④ (4) ②
3. (1) × (2) ○ (3) ○ (4) ×

2. 그림에서 동물 친구들은 숲에서 놀고 있습니다. 다람쥐는 나무를 타고, 토끼는 공을 굴리며, 원숭이는 나무에 매달려 있습니다.
3. (1) ㉠은 문장입니다. (4) ㉣은 자음자 'ㅅ, ㄴ'과 모음자 'ㅗ'로 이루어졌습니다.

1주 16~17쪽 독해력 쑥쑥

1. ② 2. ④ 3. (3) ○ 4. ①, ③

1. 글의 '얼마 전에~뛰어노나 봅니다.' 부분에 나타나 있습니다.
2. ㉣은 자음자 'ㅈ', 모음자 'ㅣ', 자음자 'ㅂ'으로 이루어졌습니다.
3. '나'가 친구들과 놀이터에서 놀았던 일을 떠올렸다는 내용은 나타나지 않았습니다.
4. 아랫집이 시끄러운 소리로 힘들지 않게 하려면 문을 살살 닫고, 발끝을 들고 걷습니다.

1주 18~19쪽 개념 톡톡

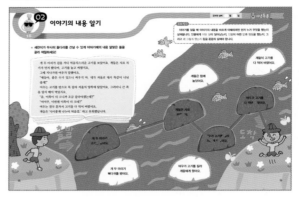

★ 먼저 개 두 마리에게 일어난 일을 생각하며 주어진 이야기를 자세히 읽습니다. 개들이 발견한 고기를 여우가 어떻게 했는지 알맞은 내용을 찾아 색칠합니다.

1주 20~21쪽 독해력 활짝

1. ③, ④ 2. (3) ○ 3. (1) × (2) ○ (3) ○ (4) ×

1. 노인이 빨간 부채로 부치면 코가 길어지고, 파란 부채로 부치면 코가 줄었습니다.
2. 선비는 꼬리를 놓으면 호랑이가 달려들 것이라고 생각했습니다.
3. (1) 부인은 나그네를 친절하게 맞아 주었습니다. (4) 부인이 자로 잴 때마다 옷감이 자꾸자꾸 늘어났습니다.

1주 22~23쪽 독해력 쑥쑥

1. (1) ○ (2) × (3) ○ (4) × 2. ② 3. (1) ② (2) ①
4. 욕심 많은, 지혜로운

1. (2)는 글에서 확인할 수 없는 내용입니다. (4)는 두꺼비가 한 행동입니다.
2. 호랑이는 떡을 혼자 다 먹고 싶어서 두꺼비에게 내기를 하자고 하였습니다.
4. 호랑이는 떡을 혼자 먹고 싶어서 내기를 하자고 하였으므로, '욕심 많은' 성격입니다. 이런 호랑이의 속셈을 알아차린 두꺼비는 '지혜로운' 성격입니다.

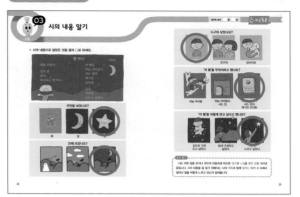

★ 주어진 시를 읽고 시에서 말하는 이가 본 것과 생각하고 느낀 것들을 찾습니다. 말하는 이는 깊은 밤에 별을 보고 하늘 아이들이 사는 집의 초인종 같다고 생각하였습니다.

1주 26~27쪽 독해력 활짝

1. 지붕, 길, 밭 2. ③ 3. (2) ○

1. 말하는 이는 지붕과 길, 밭에 눈이 쌓인 모습을 눈이 지붕과 길, 밭을 덮어 주는 이불 같다고 생각했습니다.
2. 이 시의 제목으로 미루어 밑줄 친 '씨앗'은 '별'을 뜻한다는 것을 알 수 있습니다.
3. ⑴은 시에 나타나지 않은 내용입니다. ⑶ 말하는 이는 1연에서 할머니께서 감자를 많이 보내셨다고 하였습니다.

1주 28~29쪽 독해력 쑥쑥

1. ④, ⑤ 2. ⑤ 3. 방긋 4. (2) ○

1. ④ 이 시에서 아기는 풀밭에 넘어진 것이 아니라, 숨이 차서 풀밭에 주저앉았습니다. ⑤는 시에 나타나지 않은 내용입니다.
2. 마지막 연에서 ㉠처럼 말한 것이 민들레임을 알 수 있습니다.
3. 이 시에서는 아기의 모습을 보고 민들레가 소리 없이 웃는 모양을 '방긋'으로 표현하였습니다.
4. 이 시를 읽으면 아기가 나비를 쫓고, 길섶에 민들레가 피어 있는 봄의 풍경을 떠올릴 수 있습니다. 따라서 추운 겨울날의 모습을 말한 ⑵는 시에 대한 감상으로 알맞지 않습니다.

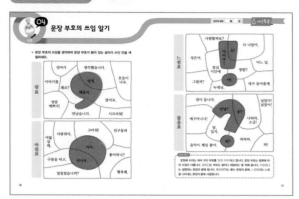

★ 쉼표, 마침표, 느낌표, 물음표의 문장 부호가 쓰여 있는 표현 중에서 각각의 문장 부호가 쓰인 표현만 찾아서 색칠합니다.

1주 32~33쪽 독해력 활짝

1. (1) ㉠ (2) ㉡ (3) ㉢ (4) ㉣ 2. (1) × (2) × (3) ○ (4) ○ 3. (1) ?(물음표) (2) ,(쉼표)

1. ㉠은 마침표, ㉡은 쉼표, ㉢은 물음표, ㉣은 느낌표입니다.
2. ⑴ 묻는 문장의 끝에는 물음표(?)를 씁니다. ⑵ 설명하는 문장 끝에 쓰는 것은 마침표(.)입니다.
3. ㉠은 묻는 문장의 끝이므로 ?(물음표)가 들어갑니다. ㉡과 같은 부르는 말 뒤에는 , (쉼표)를 씁니다.

1주 34~35쪽 독해력 쑥쑥

1. ㉯ 2. ③ 3. (1) ○ (2) ○ (3) × (4) ○ 4. (1) . (2) 마침표

1. 이 글은 ㉯→㉮→㉰→㉱의 순서로 일어났습니다.
2. 늑대의 피리 소리를 들은 양치기 개들이 달려와서 늑대가 달아나고 아기 양은 무사히 돌아왔습니다. 다른 양이나 양치기 소년은 등장하지 않습니다.
3. ⑶ ㉢은 쉼표로, 부르는 말이나 대답하는 말 뒤에 씁니다.
4. 설명하는 문장 끝에는 . (마침표)를 씁니다.

1주 36~37쪽 개념 톡톡

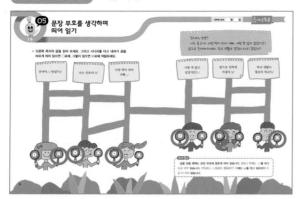

★ 먼저 주어진 쪽지의 내용을 살펴봅니다. 쉼표 뒤에서는 조금 쉬어 읽습니다. 그리고 마침표, 느낌표, 물음표 뒤에서는 조금 더 쉬어 읽습니다. 바르게 띄어 읽은 문장에만 ○표 합니다.

1주 38~39쪽 독해력 활짝

1. ① 2. (1) ∨, ∨, ∨ (2) ∨, ∨, ∨ 3. ④

1. 쉼표 뒤에는 조금 쉬어 읽고, 마침표나 물음표, 느낌표 뒤에는 쉼표보다 조금 더 쉬어 읽습니다.
2. 쉼표 뒤에는 ∨를, 마침표와 느낌표, 물음표 뒤에는 ∨를 씁니다.
3. ④는 다음과 같이 띄어 읽어야 합니다.
   → 그날 우리 함께 맛있는 것도 먹고,∨재미있게 놀자.∨

1주 40~41쪽 독해력 쑥쑥

1. (1) ○ (3) ○ 2. ① 3. 3, 1, 4, 2 4. ⑤

1. '나'는 친구 성태와 골목길에서 지갑을 주워 경찰서에 가지고 갔습니다.
2. ㉠이 가리키는 사람은 '나'와 성태입니다.
3. '나'는 학교를 마치고 집으로 돌아가는 길에 골목길에서 지갑을 주웠습니다. 주운 지갑을 경찰서에 갖다준 후, 집으로 돌아왔습니다.
4. '허허허,' 뒤에는 ∨를 하고 조금 쉬어 읽고, '착하구나!'와 '가져왔다.' 뒤에는 ∨를 하고 쉼표보다 조금 더 쉬어 읽습니다.

2주 44~45쪽 개념 톡톡

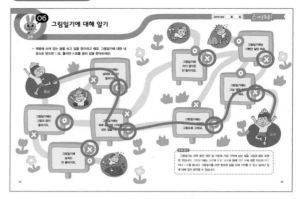

★ 팻말에 쓰여진 내용은 그림일기에 대한 설명입니다. 머릿속으로 그림일기의 모습을 떠올리면 날짜와 요일, 날씨 등 그림일기에 들어갈 내용이나 써야 할 겪은 일 등을 알 수 있습니다.

2주 46~47쪽 독해력 활짝

1. ④ 2. (3) ○ (4) ○

1. 이 그림일기에서 글쓴이는 할아버지와 화분에 상추를 심었습니다. 따라서 ④의 그림이 가장 잘 어울립니다.
2. (3), (4)는 형과 종이접기를 한 일에 대한 글쓴이의 생각과 느낌입니다. (1), (2)는 글쓴이가 겪은 일입니다.

2주 48~49쪽 독해력 쑥쑥

1. 이모네 집 2. ③ 3. 좋았다 4. (2) ○

1. 글쓴이는 엄마와 이모네 집에 갔습니다.
2. 그림일기에는 날짜와 요일, 날씨, 기억에 남는 일과 그에 대한 생각이나 느낌이 들어갑니다. '첫인사'는 편지에 들어가는 내용입니다.
3. 그림일기에서 글쓴이는 오랜만에 이모를 보고 맛있는 것도 먹어서 기분이 좋았다고 하였습니다.
4. 글쓴이는 이모네 집에 가서 가장 좋아하는 음식인 샌드위치를 먹었습니다. 따라서 세 친구 중 좋아하는 음식을 먹었던 경험을 말한 친구를 고릅니다.

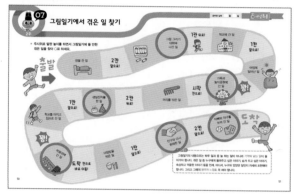

★ 말판 놀이를 하면서 그림일기에 들어갈 만한 겪은 일을 찾습니다. 매일 반복하는 하루 일과가 아닌 기억에 남을 만한 겪은 일을 찾습니다.

2주 52~53쪽 독해력 활짝

1. ③ 2. ㉯, ㉰ 3. (2) ○

1. 이 그림일기는 글쓴이가 아빠하고 수족관에 갔다 온 일에 대해 쓴 것입니다.
2. 그림일기를 쓸 때 글감으로 쓸 수 있는 일은 매일 반복하는 일과가 아닌 기억에 남는 일입니다. ㉮, ㉡는 매일 반복하는 일로, 그림일기의 글감이 되기 어렵습니다. 반면 ㉯, ㉰는 평소에 잘 하지 않는 기억에 남는 특별한 일이므로, 일기의 글감으로 알맞습니다.
3. 그림일기 속 그림은 놀이터를 배경으로, 눈사람을 만들고 있는 모습입니다. 따라서 이 그림에서 알 수 있는 겪은 일은 (2)입니다.

2주 54~55쪽 독해력 쑥쑥

1. ② 2. ⑩ 경치, 즐거운 3. 쉬엄쉬엄 4. (1) ○ (3) ○

1. 글쓴이는 할아버지와 함께 산에 갔던 일에 대해 썼습니다.
2. 글쓴이의 생각이나 느낌은 마지막 부분 '할아버지와 ~ 즐거운 하루였다.'에 나타나 있습니다.
4. 이 그림일기에는 날짜 다음에 날씨가 빠져 있습니다. 또 주어진 그림은 할아버지와 함께 소를 키우는 목장에 갔던 그림입니다. 이 그림 역시 글의 내용과 관련이 없습니다.

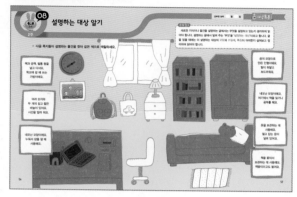

★ 먼저 주어진 쪽지를 살펴보고 무엇을 설명하는지 특징을 살펴봅니다. 그리고 주어진 그림에서 쪽지에서 설명하는 특징을 가진 물건을 찾아 색칠합니다.

2주 58~59쪽 독해력 활짝

1. ④ 2. 모양, 쓰임새 3. (2) ○

1. 이 글은 '풍경화'에 대해 설명했습니다.
2. ㉠은 부채를 모양에 따라 나눈 예입니다. ㉡은 벌레를 쫓는 데 쓰였던 부채의 쓰임새에 대해 설명한 부분입니다.
3. 글에서 무당벌레는 동그란 몸 전체가 빨간색과 노란색 등의 딱딱한 날개로 덮여 있다고 했습니다. 또 날개에 검은 점도 여러 개 있다고 하였으므로, 알맞은 그림은 (2)입니다.

2주 60~61쪽 독해력 쑥쑥

1. ④ 2. (1) ○ (3) ○ 3. (1) 연날리기 (2) 줄다리기
4. (1) ② (2) ①

1. 이 글은 '민속놀이'에 대해 설명하고 있습니다.
2. (2) 민속놀이는 오늘날까지 계속 이어지고 있다고 하였습니다. (4) 정해진 규칙대로 말을 움직여 시작한 곳으로 돌아오는 놀이는 '윷놀이'입니다.
3. (1) 아이들이 연을 하늘에 날리는 그림이므로 연날리기입니다. (2) 사람들이 두 편으로 나뉘어 줄을 잡아당기는 '줄다리기'의 모습입니다.

2주 62~63쪽 개념 톡톡

★ 그림에서 인물이 움직이는 모양이나 소리를 흉내 내
는 말을 생각해 봅니다. 그리고 둘 중 알맞은 흉내 내
는 말에 ○표 합니다.

2주 64~65쪽 독해력 활짝

1. ④　2. 살금살금　3. (3) ○

1. ㉣은 소리나 모양을 흉내 내는 말이 아닙니다. ㉠은
냄새나 연기가 풍기거나 피어오르는 모양, ㉡은 열매
따위가 많이 달려 있는 모양을 나타냅니다. ㉢은 침이
나 음식물이 넘어가는 소리나 모양, ㉤은 갑자기 크고
힘 있게 뛰어오르는 모양을 나타냅니다.
3. '새근새근'은 어린아이가 곤히 잠들어 조용하게 자꾸
숨 쉬는 소리를 흉내 내는 말입니다.

2주 66~67쪽 독해력 쑥쑥

1. ③　2. 오들오들　3. (1) ③ (2) ② (3) ①　4. (1) ○
(3) ○

1. 여름에 시원한 그늘에서 노래를 부른 것은 베짱이입
니다.
3. '뻘뻘'은 땀을 매우 많이 흘리는 모양, '쌩쌩'은 바람이
잇따라 세차게 스쳐 지나가는 소리나 모양을 나타냅
니다. '꽁꽁'은 물체가 매우 단단히 언 모양을 나타내
는 말입니다.
4. 이 글에서 베짱이가 욕심을 부리거나 남을 위해 베푸
는 내용은 나오지 않았습니다.

2주 68~69쪽 개념 톡톡

★ 주어진 단 방귀를 파는 방귀 장수 이야기의 장면을 하
나씩 살펴봅니다. 장면마다 모양이나 소리를 나타낸
말이나 재미있는 장면을 설명한 말을 한 사람을 찾습
니다.

2주 70~71쪽 독해력 활짝

1. ④, ⑤　2. 빵　3. (4) ○

1. ④와 ⑤에는 '뿌우우웅', '후드득'처럼 소리를 나타내는
재미있는 표현이 들어 있습니다.
2. 이 시는 자동차 경적이 내는 '빵' 소리를 '빵'을 달라고
조르는 소리로 표현한 점이 재미있습니다.
3. 이 시가 재미있는 까닭은 아이가 박수 치는 소리를 또
듣고 싶어서 소파 위에 올라선다는 내용 때문입니다.
(1)은 시의 내용이지만, 사실이 아닙니다. (2), (3)은 시
에 나타나지 않은 내용입니다.

2주 72~73쪽 독해력 쑥쑥

1. 병아리　2. 어미 닭　3. ③, ⑤　4. (2) ○

1. 이 시는 어미 닭과 병아리가 나들이하는 모습을 그리
고 있습니다.
2. ㉠'꼬꼬꼬'는 병아리를 달음질시켜 보려고 어미 닭이
내는 소리입니다.
3. 이 시에서는 병아리들이 노란 꽃송이 같다거나 병아
리들이 사람처럼 옷을 사 입었다고 표현하지 않았습
니다. 또 작은 병아리를 몸집이 큰 닭처럼 표현하지도
않았습니다.
4. 이 시에서는 병아리들이 알을 깨고 나오는 모습이 나
타나지 않습니다.

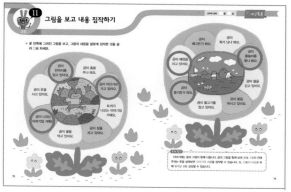

★ 꽃에 들어 있는 그림을 보고 짐작할 수 있는 내용을 찾습니다. 첫 번째 그림은 반바지를 입은 곰이 어딘가를 향해 걸어가고 있는 그림입니다. 두 번째 그림은 곰이 헤엄을 치면서 웃고 있는 그림입니다.

3주 80~81쪽 독해력 활짝

1. (3) ○ 2. ②, ④ 3. (1) ○ (3) ○

1. 글에서 붕붕이는 친구들에게 '일하러 가자.'고 했으며, 그림에서 꽃에 앉아 꿀을 모으고 있습니다.
2. 『목마른 까마귀와 물병』이라는 책의 제목에서 ②의 내용을, 두 번째 그림에서 ④의 내용을 짐작할 수 있습니다.
3. 네 개의 그림에서 풍선이 뻥 터져 버린 장면은 나오지 않았습니다. 두 번째 그림은 생쥐들이 풍선을 불고 있는 장면입니다.

3주 82~83쪽 독해력 쑥쑥

1. ④ 2. ① 3. ㄺ 4. (3) ○

1. 이 글에서 조랑말은 나오지 않습니다.
2. 네 마리 동물은 도둑을 쫓아내려고 서로의 등에 차례로 올라타서 한꺼번에 소리를 쳤습니다.
3. '수탉'에는 'ㄺ'이 받침으로 쓰였습니다.
4. 동물의 그림자를 보고 놀란 도둑들이 집 밖으로 도망치는 그림에서 (3)의 내용을 짐작할 수 있습니다.

★ 주어진 카드에 들어 있는 인물과 인물이 한 일이 들어 있는 그림을 살펴봅니다. 그림에서 그림자의 모양과 누가 한 일인지 떠올려 생각해 보고 빈칸에 알맞은 인물의 이름을 카드에서 찾아 씁니다.

3주 86~87쪽 독해력 활짝

1. 왕자, 마녀, 라푼첼 2. ⑤ 3. (1) ② (2) ①

1. 이 글에 등장하는 인물은 왕자와 마녀, 라푼첼입니다.
2. 도둑은 가난한 선비의 형편을 보고 자기가 가지고 있던 돈을 솥 안에 넣어 두고 나왔습니다. ①~④는 이 글과 관련 없는 내용입니다.
3. 막내는 고양이에게 자루 한 개와 장화 한 켤레를 마련해 주었고, 고양이는 그 장화를 신고 숲에 가서 자루로 토끼를 잡았습니다.

3주 88~89쪽 독해력 쑥쑥

1. (늙은) 사자 2. ⑤ 3. (1) ② (2) ① 4. (1) ○

1. 제시된 내용은 모두 사자가 한 일입니다.
2. 여우는 동물들의 수가 줄어드는 것을 이상하게 여겨 무슨 일인지 알아보러 사자가 있는 동굴에 찾아갔습니다.
3. ㉠'가까이'는 '거리가 조금 떨어져 있는 상태'를 뜻하여 '사이가 꽤 떨어지게'를 뜻하는 '멀찍이'와 뜻이 반대입니다. 또, ㉡'안으로'는 '어떤 물건이나 공간의 가운데 부분으로'라는 뜻입니다. 그래서 '둘러싸이지 않은 공간으로'를 뜻하는 '밖으로'와 반대되는 뜻입니다.
4. 여우가 알게 된 사실을 다른 동물들도 알게 되어 더 이상 아무도 사자에게 병문안을 가지 않았습니다.

3주 90~91쪽 개념 톡톡

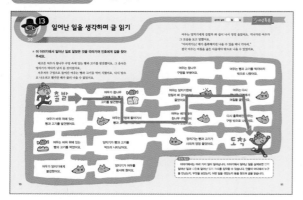

★ 주어진 이야기를 자세히 읽고 배고픈 여우에게 일어난 일의 차례를 생각합니다. 배고픈 여우가 참나무 구멍에서 빵과 고기를 발견한 일부터 다시 참나무 구멍에서 나오게 된 일 사이에 어떤 일들이 있었는지 차례대로 선으로 잇습니다.

3주 92~93쪽 독해력 활짝

1. ②, ⑤ 2. (1) ② (2) ① 3. (1) 1 (2) 4 (3) 3 (4) 2

1. 소년은 밀가루를 돌려받으려고 북풍을 찾아갔습니다. 북풍은 소년에게 밀가루 대신 신기한 식탁보를 주었습니다.
2. ①은 총각의 집에서 벌어진 일이고, ②는 총각이 농사일을 하던 논에서 벌어진 일입니다.
3. (1) 할머니는 빨래를 하러 갔다가 (4) 강물에 떠내려오는 복숭아를 보고 (3) 복숭아를 건져 집으로 돌아왔습니다. (2) 할머니는 할아버지와 함께 복숭아를 먹으려는데 복숭아가 저절로 갈라지고 그 안에서 사내 아기가 나왔습니다.

3주 94~95쪽 독해력 쑥쑥

1. 나무 2. ⑤ 3. 토실토실 4. (3) ○

1. 할머니는 착한 아우에게 커다란 나무 밑에 구슬 두 개가 묻혀 있다고 했습니다.
2. 이 이야기는 ⑤→②→④→③→①의 순서로 일이 일어났습니다.
4. 가난했던 아우는 구슬을 던져 소가 나타나자 놀라우면서도 기쁜 마음이었을 것입니다. 글에서 갑자기 도망치고 싶은 마음은 읽을 수 없습니다.

3주 96~97쪽 개념 톡톡

★ 「횡단보도를 건너는 바른 방법」을 읽고 횡단보도를 바르게 건너는 방법이 무엇인지 살펴봅니다. 아이들이 한 말을 읽고 글의 내용과 같으면 ○표 합니다.

3주 98~99쪽 독해력 활짝

1. ④ 2. (2) ○ 3. (1) 5, 5 (2) 수리취떡, 씨름

1. 이 글에서 펭귄은 날개가 있지만 하늘을 날지 못한다고 했습니다.
2. 마라톤이 언제 시작되었는지나 마라톤을 잘하는 방법은 이 글에 나오지 않습니다.
3. 단오는 음력 5월 5일로, 단옷날에는 창포물에 머리를 감고 수리취떡을 만들어 먹었습니다. 또, 여자들은 그네뛰기를, 남자들은 씨름을 즐겼습니다.

3주 100~101쪽 독해력 쑥쑥

1. 집 2. ① 3. 추운 4. (1) ② (2) ③ (3) ①

1. 이 글은 게르, 수상 가옥, 이글루 등을 예로 들어 세계의 다양한 집에 대해 설명하고 있습니다.
2. ② 가축을 키우며 사는 사람들은 몽골 사람들입니다. ③, ④ 이글루는 얼음과 눈덩이로 지은 집이고, 벌레를 막으려고 지은 집은 수상 가옥입니다. ⑤ 사람들은 주변에서 구하기 쉬운 재료로 집을 짓습니다.
4. ①~③의 그림에서 재료를 파악하여 글에서 설명한 집을 찾습니다. ①~③의 집을 만든 재료는 각각 ① 나무, ② 동물의 털로 짠 천, ③ 눈과 얼음입니다.

3주 102~103쪽 개념 톡톡

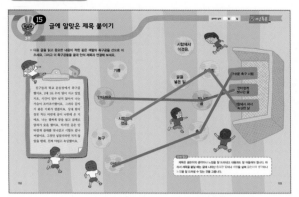

★ 주어진 글을 자세히 읽어 봅니다. 그다음 글과 관련 있는 중요한 낱말이 적힌 같은 색깔의 축구공끼리 선으로 잇습니다. 그리고 축구 골대에서 알맞은 제목을 찾아 선으로 잇습니다.

3주 104~105쪽 독해력 활짝

1. ⑤ 2. (2) ○ 3. 장난

1. 이 글은 재채기와 기침이 나는 까닭을 설명하고 있으므로, ⑤가 제목으로 알맞습니다.
2. 글쓴이와 혜연이는 줄넘기를 하다 지루해져서 마주 보고 줄넘기를 했습니다. 따라서 (2)는 글의 제목으로 알맞지 않습니다.
3. 글쓴이는 '엘리베이터에서 함부로 장난을 치지 말자.' 는 의견을 드러내고 있습니다.

3주 106~107쪽 독해력 쑥쑥

1. ④ 2. ㉡ 3. (2) ○ 4. ⑤

1. 석태는 도서관에서 같은 반 친구인 민주를 만나 큰 소리로 인사를 하였습니다.
2. 마지막 부분에서 석태는 엄마 말씀을 듣고 장소에 알맞게 인사해야겠다고 마음먹었다고 하였습니다. 석태가 겪은 일과 그에 대한 생각과 느낌이 잘 드러나는 제목은 ㉡입니다.
3. 석태는 민주의 이름을 반갑게 부르며 큰 소리로 인사했지만, 민주는 고개만 끄덕끄덕해서 서운한 마음이 들었습니다.
4. 도서관이나 연주회장은 조용히 해야 하는 곳이므로, 간단히 눈인사만 주고받습니다.

4주 112~113쪽 개념 톡톡

★ 이야기의 각 장면에서 일어난 일을 살펴봅니다. 각 장면을 본 두 친구의 말 중 이야기에 대한 생각이나 느낌으로 알맞은 것을 골라 ○표 합니다.

4주 114~115쪽 독해력 활짝

1. (1) ○ 2. (2) ○ 3. ⑤

1. 당나귀가 목숨을 구하려고 한 거짓말은 지혜롭다고 볼 수 있습니다. 그러나 늑대는 당나귀의 가시가 자신의 목에 걸릴까 봐 가시를 빼 주려고 했습니다. 따라서 늑대는 마음씨가 곱다고 보기 어렵습니다.
2. 이 글은 항아리 안에 어떤 물건을 넣든 두 개가 나오는 신기한 내용이므로 놀란 표정이 알맞습니다.
3. ⑤는 달리기 시합에 나선 토끼와 거북이의 이야기와 관련 없는 내용입니다.

4주 116~117쪽 독해력 쑥쑥

1. ③ 2. 넘어지는 3. ㉣ 4. (2) ○

1. '삼년 고개'라고 불리는 까닭은 글의 처음 부분에 나타나 있습니다. 이 고개에서 한번 넘어지면 삼 년밖에 살지 못해서 삼년 고개라고 불렀습니다.
2. 이웃집 아이는 삼년 고개에서 한 번 넘어지면 삼 년을 사니, 영감님께 삼년 고개에서 여러 번 넘어지면 된다고 말해 주었습니다.
3. 이 이야기에서는 ㉯→㉮→㉰→㉣의 차례로 일이 일어났습니다.
4. 이웃집 아이는 삼 년밖에 살지 못할까 봐 앓아누운 영감님을 위해서 다시 삼년 고개에서 구르라고 말한 것입니다.

4주 118~119쪽 개념 톡톡

★ 이야기에서 설명하는 착한 마녀와 나쁜 마녀의 모습을 상상해 봅니다. 이야기에 나타난 머리와 옷차림, 요술봉과 빗자루의 모습을 확인하고 알맞은 색으로 색칠합니다.

4주 120~121쪽 독해력 활짝

1. (3) ◯ 2. ② 3. (4) ◯

1. 설문대 할망은 바닷물도 겨우 무릎 정도밖에 오지 않을 정도로 몸집이 컸다고 하였습니다.
2. 당나귀가 강아지처럼 재롱을 떨자 주인이 버럭 화를 냈습니다. 따라서 당나귀를 예뻐하는 모습은 상상하기 어렵습니다.
3. 온몸이 새카만 까마귀는 연못가에 떨어져 있는 다른 새들의 깃털을 주워 몸에 꽂았습니다. 이를 상상한 그림은 (4)입니다.

4주 122~123쪽 독해력 쑥쑥

1. ②, ④, ⑤ 2. (1) ◯ (2) ◯ (3) × (4) × 3. (2) ◯
4. ㉮

1. 이 이야기에는 요정, 할머니, 할아버지가 나옵니다.
2. 할머니는 마지막 소원으로 할아버지의 코에 붙은 소시지를 떼어 달라고 하였습니다. 그리고 할머니는 첫 번째 소원으로 소시지를 먹고 싶다고 하였습니다.
3. 할아버지 눈썹에 소시지가 붙은 (2)의 장면은 이야기에 나오지 않아 상상할 수 없습니다.
4. 할머니는 아무렇게나 한 말 때문에 세 가지 소원을 이룰 수 있는 기회를 헛되이 날려 보냈습니다. 따라서 할머니에게 할 말로 알맞은 것은 ㉮입니다.

4주 124~125쪽 개념 톡톡

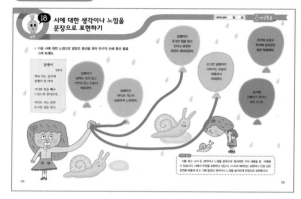

★ 달팽이를 표현한 시에서 재미있거나 인상 깊은 장면이나 시에 대한 생각이나 느낌을 알맞게 표현한 내용을 담은 풍선을 고릅니다.

4주 126~127쪽 독해력 활짝

1. (1) ◯ 2. (2) ◯ 3. 예 나도 귀뚜라미와 이야기해 보고 싶다는 생각이 들었습니다. / 귀뚜라미와 사람처럼 이야기했다고 한 점이 재미있습니다. / 귀뚜라미와 잔디밭에서 무슨 이야기를 했을지 궁금합니다.

1. 해가 나서 눈이 녹을 것을 알고 있는 강아지 똥의 입장을 파악한 것은 (1)입니다.
2. 시의 내용에서 아이들이 바닷가에서 노는 모습을 떠올리기는 어렵습니다.
3. 〈서술형〉 ❶ 시에서 장면을 떠올리며 보기 의 재미있는 점이나 궁금한 점 등을 생각합니다. ⇨ ❷ 시에서 어떤 부분이 재미있거나 궁금한지를 넣어 문장으로 간단히 씁니다.

4주 128~129쪽 독해력 쑥쑥

1. 아기, 염소 2. ④ 3. 까르르 4. (2) ◯

1. 이 시에는 걸음마를 배우는 아기와 풀을 뜯던 염소가 등장합니다.
2. 이 시에서 아기가 염소의 수염을 잡아당기며 놀았다는 내용은 나타나지 않았습니다.
3. '까르르'는 아기의 웃음소리를 표현한 낱말입니다.
4. 이 시에서 염소는 수염을 흔들어 보이고, 뿔을 자랑하며 아기와 함께 놀아 줍니다. 따라서 시에 대한 생각이나 느낌으로 어울리는 것은 (2)입니다.

★ 두 친구가 겪은 일을 나타낸 글과 그림을 보고 다른 점을 찾습니다. 글에 나타난 부분과 그 밖에 어떤 점이 다른지 그림에서 찾아 ○표 합니다.

4주 132~133쪽 독해력 활짝

1. ② 2. (3) ○ 3. (3) ○

1. 글쓴이는 엄마와 치과에 가서 충치를 치료하였습니다.
2. 글쓴이는 마지막 순간에 멋진 활약을 펼치고, 반을 승리로 이끌었습니다. 이와 비슷한 경험은 (3)입니다.
3. 글쓴이가 음료수를 마시지 못해 속상해하는 내용은 글에 나타나지 않았습니다. 따라서 (3)은 글쓴이의 마음을 짐작한 것으로 적절하지 않습니다.

4주 134~135쪽 독해력 쑥쑥

1. ⑤ 2. ㉣ 3. ③ 4. (2) ○

1. '나'는 물통을 엎질러 짝꿍의 그림을 망쳤지만 짝꿍은 오히려 괜찮다고 말해 주었습니다.
2. 겪은 일을 쓴 글의 제목은 겪은 일이나 그에 대한 생각과 느낌이 드러나도록 짓는 것이 좋습니다. 미술 시간에 일어났던 일과 그에 대한 생각이나 느낌이 드러나야 하므로, ㉣가 가장 알맞습니다.
3. '나'는 실수를 저질렀지만 짝꿍이 괜찮다고 말해 주어 고마운 마음이 들었습니다.
4. 글쓴이는 실수로 물통을 엎질렀지만, 짝꿍인 수진이가 괜찮다고 말해 주었습니다. 글쓴이처럼 실수했지만 용서받던 경험을 말한 것은 (2)입니다.

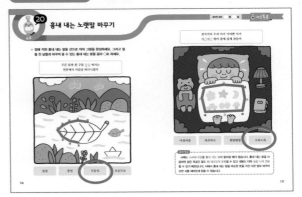

★ 점을 선으로 이어 그림을 완성한 다음 구름이 떠가는 모양, 아기가 자는 모양을 흉내 낸 말과 바꾸어 쓸 수 있는 말을 찾습니다.

4주 138~139쪽 독해력 활짝

1. 발름발름, 생글생글 2. ③ 3. ③

1. 이 시에서 '발름발름', '생글생글'은 자신을 부르는 소리에 아기가 반가워하며 웃는 모습을 흉내 내는 말입니다.
2. 노랫말이 소로 바뀌면, 빈칸에는 소의 울음소리를 흉내 내는 말 '음매'가 들어가야 합니다.
3. '살금살금'은 '남이 알아차리지 못하도록 눈치를 살펴 가면서 살며시 행동하는 모양'을 뜻하므로, ㉠과 바꾸어 쓸 수 있습니다.

4주 140~141쪽 독해력 쑥쑥

1. 아버지 2. ④ 3. ③ 4. ㉣

1. 이 시에는 말하는 이와 아버지가 각각 자전거를 탔던 일이 담겨 있습니다.
2. '비켜나세요.'는 '한쪽으로 피하여 자리를 옮기세요.'라는 뜻으로, 흉내 내는 말이 아닙니다.
3. 시의 내용이 '자동차'로 바뀌었으므로, 빈칸에는 자동차 소리를 흉내 내는 말 '뛰뛰빵빵'이 알맞습니다.
4. 이 시에는 바닷가에서 달리기를 하거나, 아기가 세발 자전거를 사 달라고 조르는 내용은 나타나지 않았습니다.

축하합니다!
A1권 독해 능력자가 되었네요.
A2권에서 다시 만나요!

문해력이 자란다는 건
생각이 자란다는 것

주제 연결 독해 학습

달달 읽고 곰곰 생각하는

달곰한 문해력

하나의 생각주제로 연결된 **2개의 글** 읽기로 생각하는 힘이 자라요

초등학생 때 읽어야 할 **최신 아동문학**과 다양한 **비문학** 글로 지식을 쌓아요

읽은 글에 대한 **주제 정리**와 **어휘 학습**을 통해 생각하고 표현하는 문해력을 길러요

3~4학년 추천

초등 독해

3단계 Ⓐ

교재구성 미리 보기

시리즈 구성

1~2학년	3~4학년	5~6학년
1단계	3단계 Ⓐ	5단계 Ⓐ
2단계	3단계 Ⓑ	5단계 Ⓑ
	4단계 Ⓐ	6단계 Ⓐ
	4단계 Ⓑ	6단계 Ⓑ

1 호기심이 자란다
질문형 주제를 보다 보면 글에 대한 호기심이 자랍니다.

2 생각이 자란다
하나의 주제로 연결된 2개의 글을 읽다 보면 생각이 자랍니다.

3 문해력이 자란다
생각을 표현하는 문제를 풀다 보면 문해력이 자랍니다.

계산력이 탄탄하다는 건
수학이 쉬워진다는 것

시리즈 구성

1학년	1-1	1-2
2학년	2-1	2-2
3학년	3-1	3-2
4학년	4-1	4-2
5학년	5-1	5-2
6학년	6-1	6-2

1 현직 교사가 만들다

학교 선생님의 노하우가 담긴 연산 원리 학습법으로
수학이 쉬워지는 수해력의 첫걸음을 내딛게 만듭니다.

2 수학 공부 습관을 만들다

하루 2쪽씩 알차게 학습하여
꾸준한 수학 공부 습관을 만듭니다.

3 탄탄한 계산력을 만들다

단계별 학습 후 최종 계산력 평가를 함으로써
빈틈없는 수학 기초 체력을 만듭니다.

교재구성
미리보기